KB164892

양자역학 소녀

양 자 역 학 소 녀

이민항 소설

~~~~~~~~~~~~~~~~~~~ **차례**

사라짐병과 생존 규칙

손목 위의 태극 마크가 지워지면 나는 사라진다. 그러면 눈을 감아야만 볼 수 있는 숫자 하나가 떠오른다.

눈을 뜨면 세상이 펼쳐져 있고, 태극 마크도 선명해져 있다. 이제 태극 마크는 다시 흐려지기 시작할 것이고, 그것이 다 사라질 즈음, 내 몸도 다시 사라질 것이다. 그리고 숫자는 2에서 1로 줄어들 것이다.

내가 사라지기 시작한 것은 초등학교 4학년 운동회부터였다.

지금 생각하면 그날은 그리 특별하지 않았다. 만국기가 펄럭였고 공 굴리기와 줄다리기가 있었다. 줄다리기 다음 순서였던 달리기는 운동회에서 가장 인기 있는 종목이었다.

"3, 4학년 달리기 입장해 주세요."

나는 자리에서 일어나 엄마를 향해 손을 흔들었다. 딸의 운동회를 보겠다고 회사에 휴가까지 낸 엄마에게 뭔가 보여 주고 싶었다.

그러나 출발선에 선 순간, 경주의 압박감에 움츠러들었다. 달리기 조가 학년, 반 상관없이 섞여 있어 아는 애들과 수다 떨며 긴장감을 떨칠 수도 없었다. 나는 하는 수 없이 모래땅에 의미 없는 선만 그리고 있었다.

"뭐 해?"

옆에 선 아이가 물었다. 학교에 이런 아이가 있었나? 나는 그 아이의 얼굴도 제대로 보지 않고 대답했다.

"별거 안 해."

"좋은 거 하나 알려 줄까?"

"뭔데?"

"올해부터 1등만 도장 찍어 준대."

"정말?"

"작년까지는 달리기 1, 2, 3등에게 모두 도장을 찍어 줬는데 올해부터 1등에게만 커다란 태극 마크 도장을 찍어 준다더라. 근데 넌 구경도 못 하겠네. 아쉽게도 내 옆자리라."

그 말에 가슴이 두근거렸다. 옆에 아이가 느닷없이 1등을 하겠다고 선언하는 바람에 가슴 속 긴장감은 어느새 투지로 바뀌었다. 잘난 체하는 아이의 콧대를 꺾어 주고 싶었다.

준비, 땅!

나는 다리에 힘을 주었다. 어찌나 부산스럽게 달렸던지 운동장 흙이 폭폭 파일 정도였다. 한 명, 두 명, 세 명을 제쳤지만 내 앞에는 아직 1등 하겠다고 장담한 아이가 달리고 있었다.

빨리, 더 빨리.

눈앞에 결승선 테이프가 보였다. 한 뼘이라도 더 가려고 있는 힘을 쥐어짜도 차이를 좁힐 수 없었다. 태극 마크 도장 주인은 끝까지 가 봐야 알 수 있을까?

그때 갑자기 확, 뭔가 들어왔다. 하도 눈이 부셔서 얼어붙을 정도였다. 한눈에 알아차리진 못했지만, 마치 어떤 집의 대문처럼 보이기도 했다. 빛을 내는 집이었을 것이다. 아무튼 그것은 꿈과 현실 그 어딘가에 뭉뚱그려 있었다.

집에서 새 나온 하얀빛이 몸을 감싸자, 나는 다리에 힘이 풀려 넘어지고 말았다. 정신을 차려 보니 집은 온데간데없었고, 나는 결승선을 한참 넘은 것도 모자라 학교 건물 뒤편에 도달해 있었다.

1등이야.

비록 끝에 넘어지긴 했어도 먼저 결승선을 통과한 사람은 분명 나였다. 무릎이 다 까진 아픔도 잊은 채 벌떡 일어나 진행 선생님에게 달려갔다. 그런데 선생님은 그런 내 모습을 빤히 보고만 있었다.

"이미 도장 찍어 줬어."

진행 선생님의 말에 어안이 벙벙해졌다. 1등, 못해도 공동 1등인 줄 알았는데.

내 1등을 가로챈 아이는 어디 갔지? 그 아이가 일부러 다리를 건 게 아닐까? 하지만 그 자리에서 할 수 있는 거라곤 우리 반 응원석으로 돌아오는 게 전부였다.

1등을 상징하는 커다란 태극 마크는 작년까지 찍어 주던 조그마한 숫자 도장에 비할 수 없이 멋져 보였다. 손목에 또래 중 가장 빠르다는 도장을 받은 몇몇 아이들은 이를 훈장처럼 자랑하고 있었다. 힘없이 앉아 있는 내 앞에서도.

"몇 등 했어?"

"1등. 근데 억울해. 공동 1등이라 도장 안 찍어 준대."

"공동 1등은 무슨. 도장도 없는데 무슨 1등이냐?"

나는 자리를 박차고 일어섰다. 도저히 참을 수 없었다. 그 길로 다시 진행 선생님에게로 향했다. 진행 선생님은 이제 막 달리기 행사를 마치고 계주 준비를 하고 있어서 나를 못 본 것 같았다. 아니면 못 본 척하는지도 모르지.

"도장 찍어 주세요!"

"뭐?"

"도장 찍어 달라고요!"

"이건 1등만 찍어 주는 건데?"

"저도 1등이에요. 공동 1등이라고요. 그러니까 도장 찍어 주세요!"

막무가내로 조른다고 도장을 받을 리 없지만, 그러지 못하면 억울해서 잠이 안 올 것 같았다. 진행 선생님이 자리로 돌아가라고 몇 번을 말해도, 나는 꿈적도 하지 않았다. 왜냐하면 그 태극 마크는 원래 내 것이기 때문이다. 결승선에 내가 먼저 들어왔으니까.

"에휴, 알았다. 알았어. 너도 참, 이게 뭐라고…."

진실은 승리했다. 나의 정당한 요구에 항복한 진행 선생님은 곧장 태극 마크 도장을 가져왔다. 스탬프에 도장을 꾹꾹 누른 다음, 다시 비슷한 세기로 손목에 꾹꾹.

그렇게 내 손목에는 특별함을 증명하는 상징이 생겼다. 나는 제일 먼저 엄마에게 달려갔다. 엄마에게 자랑하고 나서, 아까 1등이 아니라고 한 녀석에겐 2배로 자랑할 생각이었다. 내 옆에서 뛴 아이는… 만나면 뭐라고 할지 모르겠지만, 아마 좋은 말이 나올 것 같진 않다. 아무렴 어때. 난 이제 진짜가 되었는걸.

아쉽지만, 그날 내 기억은 여기까지다.

"깨어났니?"

"어… 어떻게 된 거야?"

"어찌 되긴. 이번에도 사라졌다 돌아온 거지. 에휴, 누워 있어. 죽 쑤어다 줄게."

엄마는 아무렇지 않은 듯 얘기하고 있지만, 한시름 놓았는지 큰 한숨과 함께 밖으로 나갔다. 나는 엄마를 따라 자리에서 일어나려다 다시 눕고 말았다. 머리가 빙빙 돌고, 몸이 무거웠다. 손목에는 그날 운동회처럼 커다란 태극 마크가 찍혀 있었다.

비일상이 일상처럼 되어 버린 지금, 생리처럼 주기적이진 않아도 내 몸은 일정한 때가 되면 사라졌다 나타나길 반복한다.

혹시나 하는 마음에 눈을 감았다 뜨자, 역시나 숫자가 하나 줄어 있다. 이젠 왜 이런 말도 안 되는 일들이 일어나는지 따지기조차 귀찮아졌다. 왜 사라졌다 나타나길 반복하고 그럴 때마다 숫자는 하나씩 줄어드는지.

그 평범했던 달리기에서 1등을 차지한 후, 내 삶은 모든 게 의문투성이인 삶이 되었다. 뭘 어찌해야 좋을지 모르겠다. 갑자기 사라진다는 사실을 제외하고, 내게 확실한 일은 없다. 그 이유 같은 건 따지지 않은 지 오래지만, 그래도 가끔 궁금해서 견딜 수 없을 땐 생각해 보곤 한다. 나는 왜 사라질까?

처음엔 못된 마법사의 저주가 아니면, 환경오염에 대한 지구의 경고라고 생각했다. 그러다 무신론자였던 엄마의 신앙이 돈독해진 무렵부터는 하나님이 엄마를 시험하기 위해 딸에게 내리는 벌이라고 생각했다. 하지만 그 어떤 것도 사람이 갑자기 사라졌다가 다시 나타나는 이 괴현상을 완벽히 설명할 수는 없다. 그러자 가장 간단하고 속 편한 정의가 떠올랐다.

질병.

너무 안이한 결론이었지만, 더 그럴듯한 답을 찾을 수도 없었다. 그래도 병을 고쳐 보겠다고 이 병원, 저 병원에 다녔는데 그럴 때마다 사람들은 사람이 갑자기 사라진다고 말하는 우리 모녀를 미친 사람 취급했다. 증세가 말이 안 되다 보니 정부에서 치료비 지원을 받거나, 희귀 난치병 협회에 등록할 수도 없었다. 그랬다가는 치료는커녕 세상의 주목만 받을 테니까.

고민 끝에 엄마와 나는 누구의 도움도 받지 않기로 했다. 일정한 때가 되어 사라지는 것 빼고는 고열이 나거나, 기침으로 옮아가거나 하지 않으니까 우리만 조심하면 충분히 견뎌 낼 수 있다고 생각했다. 그러나 부딪혀 보니 원인은 없고 현상만 있는, 아무것도 나아지지 않고 나아질 기미조차 보이지 않는 고약한 무언가와의 싸움이었다. 그런 싸움마저 무한하지 않다는 걸 안 지는 얼마 되지 않았다.

식탁 위에는 엄마가 쑤어 놓은 죽이 놓여 있었다. 엄마는 내가 일어나지 않자 그대로 출근한 듯했다. 나는 삐걱거리는 식탁 의자에 앉아 식어 버린 죽을 한술 떠서 입으로 가져갔다. 그 옆에는 엄마의 손 편지가 놓여 있었다.

선생님이 진도가 뒤처졌다고 깨면 늦게라도 학교에 오라고 했어.

이거 먹고 학교 다녀와.

그리고 너 요즘 규칙 안 지키는 거 같더라. 몰라서 그러는 건 아니지?

뭔가 찔리는 게 있어 고개를 돌려 냉장고 쪽을 보았다. 문에 수박 모양 자석으로 붙어 있는 쪽지. 그것은 엄마가 만든 '생존 규칙'이었다.

사라짐이 병이라고 생각한 엄마는 내가 사라지더라도 침착 하게 대처할 수 있도록 규칙을 만들었다. 이는 이 세상에서 엄마 와 나 둘만이 아는 규칙이고, 나는 무슨 일이 있어도 이를 지켜 야 한다. 규칙에는 오랫동안 나를 지켜봐 온 엄마의 노하우가 들 어 있다고 하는데, 내게 꼭 맞는 옷은 아니었다. 하지만 딱히 대 안이 없어서 이를 따르는 중이다.

〈생존 규칙〉

1. 집과 학교 이외의 장소에는 가지 말 것

2. 장소를 옮길 시 반드시 연락할 것

3. 엄마가 직접 조리한 음식이나 먹어도 된다고 하는 음식만 먹고,
   급식과 군것질은 엄마가 먼저 확인하고 알려 주면 먹을 것

4. 갑자기 증상이 나타나면 가장 먼저 엄마에게 연락할 것

처음에는 이 우스꽝스럽기만 한 규칙을 왜 지켜야 하는지 반발심도 들었지만, 규칙을 지키지 않을 때마다 엄마는 불같이 화를 내었다. 물론 지금은 이런 꽉꽉한 규칙을 만든 엄마를 이해한다. 내 몸이 이런데도 엄마는 종일 내게 붙어 있을 수 없으니까.

엄마는 미혼모다. 홀로 나를 키우고, 나를 두고 홀로 일터에 나가야 했다. 이는 내가 사라지기 전에도 사라진 후에도 변함없다. 엄마는 항상 출근 전에 아침 식사를 차려 놓았는데 입맛이 없어서 안 먹는 때가 많아도, 이를 차리려면 이른 새벽에 출근하는 엄마가 얼마나 애를 써야 하는지 정도는 안다.

엄마는 공사장 함바집에서 인부 아저씨들 밥해 주고 설거지해 주는 여사님으로 일한다. 내가 사라지기 전에는 큰 회사의 조리사로 일했다고 들었는데 내가 사라지고 나서부터 좋은 음식, 좋은 약을 먹이면 내 병이 나을 거란 생각에 조리사를 그만두고 유기농 식당을 시작했다가 쫄딱 망했단다.

엄마가 일하는 공사 현장은 짧게는 6개월, 길게는 1년마다 바뀌어서 나는 이사와 전학을 자주 다녀야 했다. 게다가 사라지는 병으로 학교도 제대로 못 나가서 친구를 사귀는 건 엄두도 낼 수 없었다.

그래도 괜찮았다. 아니 괜찮은 줄 알았다. 열흘도 채 다니지 않은 초등학교에서 혼자 졸업사진을 찍기 전까지는 말이다. 갑자기 서러워서 펑펑 우는 내게 엄마는 지금 아무리 친한 친구라도 나중에 어른이 되면 바빠서 잘 못 만난다고 했다. 위로인지 냉소인지 알 수 없었다.

벽걸이 시계가 정오를 가리키고 있었다. 늦었지만 학교에 가야 한다.

남들보다 늦었지만, 늦은 만큼 차근차근 일상을 만끽할 생각이다. 언제까지 이어질지 모를 일상이기에.

나는 시한부일까? 글쎄, 잘 모르겠다. 다만 숫자가 0이 되면 무슨 일이 벌어질 것만 같다. 당장 할 수 있는 일이라곤 오늘의 일상을 살아 내는 것뿐이다. 풀이 죽은 채 일상을 보내고 싶진 않다. 내게 남아 있는 일상이 한 줌의 모래만큼도 안 될지라도 내겐 그만큼이나마 주어졌으니까. 그렇다면 남들보다 멋지게 지내야지. 나의 일상을.

"다녀올게."

나는 텅 빈 거실에 대고 말했다.

친구의 의미

엄마가 담임 선생님에게 빈혈이 심한 날, 그러니까 내가 사라지는 날에는 등교가 어렵다고 하자, 담임 선생님은 최대한 내 편의를 봐주기로 했다. 엄마는 병원 진단서도 요구하지 않고 자기 말을 믿어 준 담임 선생님이 좋은 분 같다며 그런 선생님이 실망하지 않도록 언제나 행동을 바르게 해야 한다고 했다.

담임 선생님, 과학 담당 우주호 선생님. 사실 미혼의 남자 선생님과 일대일 보강을 하는 게 조금 부끄럽기도 하지만 우주호 선생님은 그런 나의 의미 없는 경계심마저 무너뜨릴 정도로 친절하고 열정적인 분이었다. 과학뿐만 아니라, 다른 과목도 자신이 아는 선에서 최대한 가르쳐 주려 했고, 그러지 못하면 해당 과목 선생님에게 물어보기까지 했다.

"오늘은 여기까지 할까? 잘 따라와 줘서 기쁘다."

"감사합니다."

"빈혈은 좀 어때? 매번 그런 거야?"

"그게…."

나는 대답 대신 고개를 끄덕였다. 실은 없는 병을 있다고 말하는 바람에 내가 어느 정도로 아픈지 나도 모른다. 선생님을 속여 기분이 좋진 않지만, 그렇다고 사라지는 병에 걸렸다고 말할 수도 없어서 그냥 빈혈이 있다고 치기로 했다.

"내일은 정상 등교할 수 있을 것 같아요."

"그래도 무리는 하지 말고…. 그럼 내일 학교에서 보자. 모르는 거 있으면 언제든지 문자나 메일로 물어보고. 알았지?"

선생님은 진짜로 내 학습 진도가 걱정되어서 말했겠지만, 모르는 게 있어도 선생님에게 따로 문자를 보내진 않을 것이다. 내가 이렇게 선생님과 단둘이 보강하는 걸 시샘하는 친구들이 있다고 들었다.

우주호 선생님은 학교 애들에게 인기가 많다. NBW의 리더 지호를 닮았다고들 하는데, 내 최애 멤버를 닮았다는 말에는 절대 동의할 수 없지만, 애들 생각은 다른가 보다. 이런 상황에 누군가에게 흠 잡힐 일을 하는 것은 좋은 선택이 아니다.

"그냥 수업 시간에 여쭤볼게요. 특별 대우받고 싶지 않아서."

"특별 대우라고 누가 그래? 몸이 불편한 친구를 신경 써 주는 건 당연한 일이야. 그러니 부담 갖지 마. 알았지?"

제발. 선생님이 이렇게 대하는 게 특별 대우라고요.

가끔 이렇게 거짓말에 특별 대우까지 받아 가며 학교에 다녀야 하는지 의문이지만, 예전에 비하면 확실히 행복한 고민을 하는 중이다.

"야!"

그러나 교문 앞에 서 있던 두 아이는 나를 곱게 보내고 싶지 않아 보였다. 가끔 지나다니다 보던 애들인데 교무실을 나와 집으로 향하는 내 뒤통수에 대고 날카롭게 말했다. 나는 깜짝 놀라 뒤돌아봤지만, 딱히 할 말이 떠오르지 않아 다시 발걸음을 옮겼다.

"야아! 사람 말이 말 같지 않아?"

"그건 아닌데…."

"네가 이현이야?"

"응."

"너 요즘 주호 쌤한테 꼬리치고 다닌다며?"

"아니야."

"벌써 소문 다 났어. 쌤한테 갠톡도 보내고 그런다고."

"단지 쌤하고 보강했을 뿐이야. 갠톡은 보낸 적도 없어."

"됐고! 너 경고하는데 다시 쌤한테 끼 부렸다간 확, 그냥…."

난 눈을 질끈 감았다. 그러자 귀에 익은 목소리가 그 아이들

뒤에서 들렸다.

"야, 너네 3반 애들이지? 보강하는 건데 무슨 끼야?"

"넌 뭔데?"

"나? 1반 김세은인데? 담임 쌤이 몸 안 좋은 애 보강해 주는 게 뭐가 문제야? 너네 자꾸 그러면 당장 울 쌤한테 얘기해서…."

"아! 됐고! 분명 경고했다!"

두 아이는 아까의 기세는 어디 간 듯 꽁지가 빠져라 도망갔다. 황당할 따름이지만 한편으론 세은이를 만나 다행이었다.

"울 쌤이 잘생겨서 내가 피곤하다."

세은이의 불평에 나는 빙긋 웃으며 아무 일 없다는 듯 말을 건넸다.

"이 시간까지 학교에 있었어?"

"내일 수업에 쓸 프린트 복사하느라고."

그래도 학교까지의 걸음이 헛되진 않았다. 착하고 든든한 우리 반 반장 김세은을 만나서.

세은이는 석 달 전, 그러니까 내가 이 학교에 전학 온 날 가장 먼저 말 걸어 준 친구다. 반에 한 명은 있을 법한, 얼굴도 예쁘고 공부도 잘하는 아이. 그런 세은이와 친해진 것은 순전히 NBW 오빠들 덕분이다.

NBW, 그러니까 New Boys' World는 요즘 가장 핫한 11인조 남자 아이돌 그룹이다. 5대양 6대주를 상징하는 11명 모두가 실력은 물론이고 팬 서비스도 좋아서 몇 년 사이 인기가 급상승했다.

나는 NBW가 무명일 때부터 좋아했는데, 언제부터 오빠들을 좋아했는지는 몰라도 왜 좋아하는지는 안다. 물론 가장 큰 이유는 오빠들이 노래면 노래, 춤이면 춤, 외모면 외모, 다 되어서겠지만, 오빠들이 아니었다면 나는 진작에 허물어졌을 테니까.

세은이는 반장이라는 직책을 이용해 내가 새 학교에 빠르게 적응할 수 있도록 도와주었다. 우리 반 애들 대부분이 NBW의 팬이라는 사실은 세은이가 아니었다면 모르고 넘어갔을 것이다. NBW는 내게 두 가지 선물을 주었다. 특별하지 않은 일상과 특별한 친구.

"매번 이렇게 걸어 다니면 다리 굵어지는데…."

"자전거라도 타고 다녀."

"장난하냐? 나 자전거 못 타."

교문을 나서며 세은이가 투덜거렸다. 세은이는 원래 엄마 차로 통학하다 엄마가 복직하는 바람에 지난주부터 걸어서 통학하고 있다. 세은이의 불만과 별개로 나는 같이 다닐 친구가 있어서 좋았지만.

그래도 세은이의 불만이 이해되는 게, 학교가 있는 읍내부터 우리가 사는 우수리까지는 차를 타고 오긴 가깝지만 걸어서 오긴 꽤 멀다. 나도 학교 앞까지 다니는 버스가 있으면 좋겠다고 생각한 게 한두 번이 아닌데, 돈이 되질 않는지 정류장은 생기지 않았다.

학교 너머로 보이는 4시의 하늘엔 딱 적당한 정도의 구름만 흐르고 있었다. 세은이가 들으면 섭섭해할지도 모르지만, 역시 이런 날씨에는 차를 타기보다 걷는 편이 좋다.

"간만에 편의점 갈래? 내가 쏠게."

"미안하지만, 오늘은 약속이 있어."

"그래? 그렇다면 어쩔 수 없지."

학교 앞 편의점을 지나다 언젠가 같이 불닭면을 먹기로 했던 게 떠올랐다. 세은이가 사달라는 건 아니고 오롯이 내가 먹고 싶어서였다. 생존 규칙 때문에 불닭면이나 잔혹떡볶이 같은 맵고 자극적인 음식은 먹을 수 없지만 오늘은 규칙을 어겨서라도 도전해 볼까 했는데, 타이밍이 아닌가 보다. 세은이가 선약이 있다니 어쩔 수 없지. 그래도 내일은 꼭 같이 편의점에 들러 도전하고 싶다. 내게만 도전이지, 세은이에겐 아닌가? 어찌 되었든.

"이거나 듣자."

실망한 내 얼굴을 보았을까, 세은이가 뭔가를 내밀었다.

"뭔데?"

"올 때 심심하다고 징징댔더니 엄마가 사 주셨어."

"좋아 보인다."

"그렇지? 콩나물 대가리처럼 생긴 게 안에 있을 건 다 들어 있다. 노이즈 캔슬링이라는 기능을 켜면 주변 잡소리는 없어지고, 오빠들 소리만 들려서 마치 오빠들이 옆에서 속삭이는 것 같다니까."

"그럼 집에 갈 때마다 오빠들이 데려다주는 거네."

나는 세은이가 내민 블루투스 이어폰 한쪽을 조심스레 귓속으로 넣었다. 세은이가 전원을 켜자, 정말로 오빠들이 내 옆에서 속삭이는 것 같았다. 세은이는 오른쪽, 나는 왼쪽. 그렇게 우리는 서로의 귀에 블루투스 이어폰을 꽂은 채, 인도를 걸어 우수리로 향했다.

삼거리 건널목에서 보행자 신호를 기다리는데, 그런 우리 앞으로 커다란 버스 한 대가 지나갔다. 하루에 세 번만 운행하는 놀이공원 직통 시외버스였다. 버스 옆에 붙은 커다란 광고판에는 '체험하라! 세계 최고 속도, 최대 회전 반경'이라고 쓰여 있었다. 작년에 놀이공원에 새로 생긴 롤러코스터인 '코펜하겐 익스프레스'의 광고였다. 버스가 지나간 후 세은이에게 말했다.

"우리 방학 때 저거 타 보기로 했지?"

"그랬었나?"

"까먹었나 보네."

"그보다 더 중요한 일이 있어."

"기말고사?"

"뭐야, 너도 까먹고 있네. 7월 1일 잊었어? 오빠들 콘서트."

"아, 그거 난 이미 포기했어. 인터넷 예매가 1초면 매진이니까."

"그래서 우리 같은 굼벵이를 위해 누가 인터넷에 티켓 양도 하겠다고 올렸어. 다 붙은 자리로 여섯 자리."

"정말?! 얼마에?"

"23만원. R석이라 좀 세."

"R석 원래 18만 원이잖아."

"뭐 좀 비싸게 파는 거야 어쩔 수 없지. 어쨌든 그거 이번에도 공구하기로 했는데 어때? 너도 낄 거지?"

"나도?"

"좀 비싸긴 해도 다 붙은 자리라니까 같이 신나게 보자."

"그게….'

내가 머뭇거린 건 가격도 가격이거니와 한 달 전에도 공동 구매를 하느라 자금 사정이 좋지 않아서였다. 한 달 전에 나온 NBW의 싱글 앨범 〈Black〉을 사는 데 엄마가 준 용돈으론 턱도 없어서 저금통을 깨야만 했다. 저금통까지 깬 이유는 같은 앨범을 열한 장이나 샀기 때문이다. 세은이는 앨범 속에 멤버들의 포토 카드가 무작위로 들어 있으니까 멤버 수만큼 공동 구매해서 중복되어 들어 있는 카드를 반 친구들끼리 맞교환하자고 했다. 그렇게 하면 오빠들의 포토 카드도 모두 모을 수 있고, 음반 판매량에도 도움이 된다나? 나중에 물어보니 앨범은 한 장만 가지고 죄다 버렸다고 한다. 아깝다는 생각이 들었지만 세은이 말고도 열한 장 구매가 당연하다고 여기는 친구들이 꽤 있었다.

"그래서 갈 거야? 말 거야?"

"갈게. 지금 당장은 돈이 모자라지만."

"좋아, 그럼 일단 계약금이라도 걸어. 3만 원. 나머지 20만 원은 이번 주까지 주면 돼. 계좌번호 알려 줄 테니까 그리로 송금해 줘도 되고."

나는 가방 지퍼를 열어 지갑을 꺼냈다. 지갑 속엔 3만 3천 원이 들어 있었는데, 세은이에게 말하진 않았지만 이건 내 한 달 용돈이었다. 3만 원을 주고 나면 나머지 3천 원과 동전 몇 개로 남은 3주를 버텨야 한다. 잠시 어찌할까 망설이던 나는 3만 원을 꺼내어 세은이에게 건넸다.

"오케이. 접수 완료. 판매자한테 이번 주까지 송금해 준다고 메시지 보내 놨으니까 꼭 시간 지켜. 안 내면 우리끼리 간다."

"알았어. 꼭 보내 줄게."

그러는 사이 우리는 우수리에 도착했다. 우수리 입구에는 산이라 부르기엔 민망할 정도로 작은 언덕이 솟아 있는데, 산 중턱에는 세은이가 사는 고급 빌라 단지인 네이처빌리지가 있고, 산을 완전히 넘어야 내가 사는 공공 임대아파트 행복주택 1단지가 나온다. 그래서일까 엄마는 혹시 빌라에 사는 아이들하고 놀게되면 늘 조심해야 한다고 하지만, 오늘도 나는 세은이와 잘 지내고 있다.

세은이네 집 쪽으로 가는 길에 처음 보는 사람이 서 있었다.

긴 생머리에 정장을 말끔히 차려입은 중년 여성이었다.

"친구니?"

"네? 죄송하지만, 누구신지….”

"인사해. 우리 엄마야.”

"아! 안녕하세요! 저는 세은이 친구 이현이라고 합니다.”

화들짝 놀란 나는 재빨리 허리를 굽혔다. 군청에서 고위공무원으로 일한다는 세은이 엄마였다. 그래도 말만 들었지, 이렇게 세련되고 멋스러운 사람인지 몰랐다. 맨날 청바지에 펌만 고수하는 우리 엄마하고는 비교 불가였다.

"네가 세은이가 말한 그 친구구나. NBW 팬이라며? 우리 세은이도 NBW 되게 좋아하는데. 앞으로도 친하게 지내렴.”

"네, 그럴게요.”

아쉽지만 세은이는 여기서 놓아 줘야 할 것 같았다.

"왜 만나자고 한 거야?"

"어디 좀 가려고.”

"어딜?"

"너 학원 등록하려고 그러지. 다른 동네에 학원 봐 둔 데 있어. 학교하고 집까지 셔틀버스도 운행한대.”

"학원 끊은 지 얼마나 됐다고 또 학원?"

"지난번 수학 성적 떨어진 거 모를 줄 알고?"

두 사람의 실랑이를 보며 슬그머니 미소를 지었다. 나도 가끔 엄마와 실랑이를 벌이지만 대부분 내가 아닌 우리의 생활에 관해서다. 저번 달 전기세가 많이 나왔으니 TV 좀 그만 보라든가, 수도세 아깝게 뭐 그리 오래 씻느냐 같은.

"그럼 내일 봐."

엄마에게 끌려가는 세은이를 보며 불쌍하면서도 한편으론 부러웠다. 저런 세련된 옷을 입은 엄마도, 오빠들의 숨소리마저 들리는 최신 이어폰도, 가끔 다니고 싶다고 생각하는 학원도. 하지만 내겐 그럴 상황도 돈도 여유도 없다.

세은이와 헤어진 나는 다시 걸음을 재촉했다. 학교부터 이어진 걸음이 조금 지루해졌을 무렵, 멀리 내가 사는 아파트가 보였다. 그제야 난 뭔가 잘못되었음을 깨달았다. 왼쪽 귀에서 느껴지는 이물감.

아차! 큰일이다!

나는 서둘러 발길을 돌렸다.

명백한 실수였다. 이어폰을 귀에 꽂은 채 오다니! 세은이도 갑자기 엄마에게 끌려가느라 미처 챙기지 못했겠지.

갈림길에 도달한 나는 생각할 겨를도 없이 세은이네 집 쪽으로 달렸다. 숨이 가빴지만 세은이와 길이 엇갈리면 어쩌지 하는 마음뿐이었다. 새로 산 거라 아끼는 물건일 텐데 얼른 돌려줘야 한다.

친구의 의미

헉. 헉. 헉. 헉.

저 멀리 세은이와 세은이 엄마의 모습이 보였다. 그제야 뛰는 걸 멈추고 잰걸음으로 쫓아가자 지근거리에서 두 사람의 대화가 들릴 정도가 되었다.

"아까 걔랑 친하니?"

"글쎄, 친한가?"

"같이 다니면 친한 거 아니야?"

"뭐래? 전학 왔는데 NBW 좋아한대서 좀 잘해 줬더니 걔가 엉겨 붙은 거거든? 나도 혼자 덕질하면 재미없어서 받아 주곤 있지만."

"그래?"

"그리고 담임 쌤이 걔 좀 챙겨 주라고 그랬어. 몸이 안 좋아서 학교 잘 못 나오거든. 알잖아? 전학생인데 학교까지 잘 안 나오면 어찌 되는지. 걔 애들한테 왕따라도 당해서 반장으로서 리더십이 부족하다고 생기부에 적히면 괜히 나만 손해지. 물론 우리 쌤은 착해서 그럴 리 없지만, 그래도 혹시 모르니 챙겨 주는 척하고 있어."

"혹시 질이 안 좋거나 그러진 않아? 보아하니 저쪽 임대 아파트 사는 거 같던데."

"애는 순해서 내가 하자는 대로 다 해."

"그래도 잘 지켜봐."

"그럴 배짱도 없다니까."

모녀의 단순한 대화지만 듣는 내 머릿속은 마구 엉켜 버렸다.

내가 잘못 들은 거지? 다른 사람인데 세은이라고 착각한 건 아니지?

그러나 저 앞에서 나에 대해 말하고 있는 사람은 분명 김세은. 착하고 든든한 우리 반 반장이자, 내 이름을 가장 많이 부르는 친구다.

거짓말.

거짓말.

거짓말!

나는 그 자리에서 얼어붙고 말았다. 충격이라는 말로도 표현할 수 없었다. NBW 오빠들이 스캔들에 휘말렸을 때보다 전 학교에서 이유 없이 따돌림당할 때보다 더하면 더했지 덜하지 않았다. 태어나서 처음으로 귀가 잘 들린다는 사실이 원망스러울 정도로.

친구라는 단어는 잊으려고 했던 단어다. 세은이가 그 단어를 일깨우기 전까진 말이다. 우리는 NBW를 사랑하는 만큼 서로를 아끼는 친구라고 생각했다. 그런데 저렇게 말하면 내가 뭐가 돼? 앞으로 세은이 얼굴을 어떻게 봐야 하지? 예전처럼 대할 수 있을까? 정작 그 말을 한 건 내가 아닌데, 오히려 내가 안절부절못하고 있었다.

친구의 의미

그래도 나는 얼른 달려가 세은이의 등을 톡톡 쳤다. 그런 내 모습을 본 세은이의 얼굴에서 당혹스러움이 느껴졌다. 별말 없이 세은이에게 이어폰만 건네주곤 다시 뒤돌아 달렸다. 세은이 얼굴을 쳐다보고 있으면 왠지 눈물부터 날 것 같아서.

그게 내가 할 수 있는 유일한 일이었다.

특이점의 정원

발소리만 들렸다. 숨소리만 들렸다. 심장 소리만 들렸다.

갑자기 사라질까 두려울 때도 이토록 괴롭진 않았다. 원망스러웠다. 그것이 나를 향한 것인지, 세은이를 향한 것인지는 확실하지 않았다.

뭔가 와르르 무너지는 느낌이다. 내게 친구란 그저 같은 학교에 다니고, 같은 교실에 앉아 있고, 같은 아이돌을 좋아하고, 같은 동네에 사는 정도일까? 그 이상을 바라는 건 사치일지도 모른다. 엄마 말이 맞다. 어차피 어른이 되면 바빠서 연락도 못 하니까. 지금껏 정말 그게 다냐며 이를 부정하던 내게 세은이는 그게 맞다고 말하고 있었다.

허리춤까지 올라오는 풀숲에 이르고 나서야 겨우 정신이 들었다. 나는 길도 아닌 곳으로 내려오고 있었다. 갑자기 무서운 마음이 들어 휴대 전화를 꺼내 지도 앱을 켰다. 이사 온 지는 조금 되었어도 집과 학교만 다녀서 근처 지리를 잘 아는 편은 아니다. 게다가 지도를 보니 나는 지명도 없는 장소에 서 있었다. 그러자 괴로운 마음은 온데간데없어지고 해가 지기 전에 길을 찾아야 한다는 마음이 들었다.

지도에 의지하여 다시 지명이 나타나는 쪽으로 움직이자, 콘크리트로 포장된 길이 하나 나왔다. '신작로'라는 도로명이 무색하게도 여기저기 갈라져 제대로 보수되지 않은 듯 보였다. 그래도 휴대 전화 데이터는 더는 낭비하지 않아도 된다고 생각했다.

하지만 그 길 위에서 나는 집으로 향하던 발걸음을 멈추었다.

신작로 끝에 보이는 낯익은 건물 하나.

내가 잘못 본 게 아니라면 그곳은 내게 호기심, 의문, 그리움, 혹은 두려움의 감정들로 꾸며진 복잡한 장소였다. 최신 업데이트된 지도 앱에는 나오지 않아도 내 기억 속 지도에는 뚜렷한 그곳.

우수초등학교.

나는 어찌할까 고민하다가 천천히 그리로 발걸음을 옮겼다. 뭔가에 홀렸을지도 모른다. 그래도 집중할 다른 무언가가 필요했다. 지금의 상황을 잊을 수 있도록.

정문의 돌기둥은 그때 그대로지만, 초등학교 푯말이 있던 자리는 누가 강제로 뜯어서인지 누런 본드 자국이 선명했다. 손목에 힘을 주자 녹슨 교문이 끼익 하는 듣기 싫은 소리를 내며 열렸다. 겨우 벌어진 문틈을 비집고 들어가자 적막함이 고스란히 느껴졌다.

나는 조심스레 주위를 살폈다. 울퉁불퉁한 운동장엔 돌무더기와 잡초만 무성하고, 건물의 유리창은 전부 떼어진 데다, 이순신 장군님 동상이 있던 자리엔 동상을 받치던 주춧돌만이 볼품없게 놓여 있었다. 그래도 왠지 모를 떨림이 느껴졌다.

실은 학교가 무서웠다. 내가 이렇게 된 후로, 우수초등학교에 대한 것은 일부러라도 생각하지 않으려 했다. 나중에 듣기로는 내가 전학 가고 그다음 해에 도내 교육 정책의 변경으로 읍내에 있는 초등학교와 합쳐지면서 자연스레 폐교되었다고 한다. 저출산과 농촌 인구의 급격한 감소 때문이라나. 처음엔 학교도 벌을 받았다며 좋아했지만, 이내 불쌍하단 생각이 들었다. 학생이 사라져서 학교의 기능을 못한다니. 만일 나도 사라졌다가 돌아오지 못하면 생명의 기능을 다하는 것이니 여기서 어떤 공감이 들었는지도 모른다.

나는 폐교의 텅 빈 운동장을 걸었다. 그러다 오랫동안 아무도 앉지 않은 것 같은 벤치에 걸터앉았다.

쓰읍, 히아.

크게 숨을 들이쉬었다가 내뱉었다. 한때의 폭풍이 지나고 뭔가 정리되는 듯싶더니, 그새 폐교의 운동장처럼 텅 빈 기분이 들었다. 구멍 뚫린 마음을 메우고 싶지만 당장은 힘들어 보였다. 허리를 숙이자 다시 긴 숨이 터져 나왔다. 콧바람에 흙먼지가 휘날릴 정도였다.

세은이가 거짓말을 한 거야. 걔는 비싼 집에 사니까 괜히 임대 아파트에 사는 나하고 친하게 지낸다고 하면 엄마한테 혼날까 봐 일부러 그렇게 말한 거야.

말도 안 되지만, 그렇게라도 믿고 싶었다. 세은이가 자신이 필요할 때만 우정을 가장했다는 건 생각하기도 싫었다. 하지만 현실은 그게 아닌 것 같아 생각할수록 괴로운 마음이 들었다.

엄마는 늘 받아들이기 힘든 사실일수록 빨리 털어 버려야 한다고 했다. 이는 아빠 없는 딸을 낳고, 그 딸이 반복적으로 사라지는 일을 겪으면서 얻은 엄마의 진리였다. 엄마는 자신이 한 말을 증명이라도 하듯 머리가 복잡할 때면 자다가도 벌떡 일어나 밀린 설거지를 하거나, 맨손체조를 했다.

나도 벤치에서 일어섰다. 엄마를 한번 믿어 보기로 했다. 몸을 움직이며 괴로움을 떨쳐 내 보자.

그런 내 앞에 운동회 때 달린 직선 트랙이 펼쳐져 있었다. 태극 마크를 처음 받았던 곳. 그곳을 실제로 다시 달리면 어떤 기분이 들까? 외투와 시계를 벤치 위에 벗어 몸을 느슨하게 한 나는 트랙의 출발점에 섰다. 마치 그날처럼.

준비, 땅!

달렸다. 누가 시키지 않았는데도, 나는 달리고 있었다.

얼마간의 발소리. 그대로 골인.

다시 반대로.

나는 달리기를 멈추지 않았다.

하지만 생각은 무뎌지지 않고 오히려 더 날이 서는 것 같았다. 세은이가 왜 그랬을까에서 시작된 생각은 달리면 달릴수록 다른 생각들을 끌고 왔다. 숫자가 0이 되면 어떻게 될까? 하고 싶은 것들은 다 할 수 있을까? 고등학교는? 대학은? 난 어른이 될 수 있을까?

그래도 버텼다. 흐르는 땀방울처럼 근심들도 날아가길 바라는 마음에서. 결승점을 통과하면 결승점을 새로운 출발점 삼아 다시 달렸다. 왕복 달리기. 다섯 번, 여섯 번. 숨쉬기조차 힘들 때까지 나는 아무도 없는 운동장에서 가장 빨리 달리기 위해 애쓰고 있었다.

1등.

1등.

빈 운동장이어서 더 요란했던 발소리를 멈추자 숨소리만이 남았다. 세어 보진 않았는데 적어도 열 번은 넘은 것 같았다. 나는 너무 힘들어서 허리를 굽힌 채 무릎에 손을 얹었다. 그러자 아까 세은이 앞에서도 흐르지 않던 눈물이 후드득 하고 떨어졌다.

내 욕심이었나 봐. 세은이 마음은 생각도 하지 않고 부담만

줬어. 나한테 질려서 그렇게 말할 정도로.

엄마에게 속았다. 땀을 잔뜩 흘리면 마음이 풀릴 줄 알았는데 오히려 더 복잡해졌다. 몸만 힘들어지고 여전히 답은 보이지 않았다. 하긴 여기서 뛴다고 해결될 일은 아니지.

나는 숨이 잦아지는 대로 곧장 집으로 돌아가기로 했다. 천천히 숨을 고르며 소나기가 멈추기만을 기다렸다. 엄마의 오해를 피하려면 최대한 울지 않은 척해야 한다.

온몸에 힘을 빼고 서 있는 것에만 집중하던 내게 또 무슨 일이 일어나는 건 절대로 원하던 바가 아니었다. 오늘은 이 이상 받아들이기엔 힘들고 지쳤지만, 세상은 그런 내 마음은 상관하지 않았다.

땅만 쳐다보던 내 눈에 들어온 것은 하얀 운동화 한 켤레였다. 단지 운동화만 보자면 몇 번 신지도 않은 새것이다. 혼자라고 생각하며 온갖 폼은 다 잡았는데 나 말고 누가 더 있었다는 사실에 부끄러워졌다. 나는 아무 일 없다는 듯 눈물부터 훔치고는 허리를 쭉 폈다.

"여긴 외부 사람은 들어오면 안 되니 그만 나가 줄래?"

눈에 들어온 것은 내 또래 여자아이. 의사 선생님들이나 입는 흰 가운을 입었지만, 키도 나이도 나와 비슷해 보이는 아이였다.

"여기 오래전에 폐교된 걸로 아는데 네가 전세라도 냈어?"

"그건 잘 모르겠는데? 여기 주인이 나로 되어 있는 것만 빼고."

그 아이가 낯빛 하나 변하지 않고 받아치는 바람에 나는 꿀 먹은 벙어리가 되었다. 그랬구나. 땅 주인이 나가라면 나가야지 뭐. 갑자기 얼음물을 가득 채운 양동이를 머리에 확 들이붓는 느낌이었다. 그 아이 말대로 폐교 밖으로 나가려는데 갑자기 그 애가 찰싹 달라붙었다.

"잠깐!"

"왜?"

"저거 봤어?"

"뭘?"

"저거."

그 애가 가리키는 폐교 건물은 어느새 노랗게 물들어 있었다. 그것은 건물 뒤편에서 뿜어져 나오는 수상한 빛 때문이었다. 이 제 막 해가 진 뒤라 노란빛이 더욱 선명했다.

"아까도 저랬어?"

"아니."

"근데 왜 저래?"

"나도 몰라. 뒤에 전등이라도 켜 놓았나 보지."

"전등은 무슨…. 저 뒤엔 정원밖에 없어."

"그렇구나. 알았어. 그럼 난 이만 가 볼게."

"잠깐! 아주 잠깐이면 되는데 같이 가 볼래?"

"당장 나가라며?"

"오늘만 특별히 봐줄게."

나는 어찌할까 망설이다가 흰 가운을 입은 아이가 하자는 대로 하기로 했다. 나도 건물 뒤편에서 새어 나오는 빛에 호기심이 생겼다기보다 지금 들어가나 나중에 들어가나 엄마에게 혼나기는 마찬가지란 생각이 들어서였다. 엄마는 내일 출근 때문에 일찍 자야 하니까 오히려 늦게 들어갈수록 혼나는 시간이 줄어들지 않을까?

나는 벤치 위에 벗어 놓은 교복 외투를 걸쳤다. 어두워진 데다 땀을 많이 흘려 쌀쌀함이 느껴졌다. 흰 가운은 그새를 못 참고 먼저 현관으로 향하고 있었다.

건물 안에 들어서자 현관을 마주 보고, 건물 뒤편으로 통하는 조그만 문이 하나 보였다. 운동회 날, 나는 운동장으로부터 저 문을 통과해 학교 뒤편까지 달려갔었다. 그러자 머릿속 수도꼭지라도 열렸는지 기억들이 콸콸 쏟아지기 시작했다. 이제 학교의 흔적은 찾아볼 수 없지만, 나는 틀림없이 이 학교에 다녔었다. 그때는 왜 내가 갑자기 사라지는지보다 왜 선생님들이 중앙 현관으로는 학생들을 못 다니게 하는지가 궁금하던 시절이었다. 그리고 내 생각을 증명하듯 그곳에는 기억 이상의 것이 자리 잡고 있었다.

폐교 건물 뒤편은 생각보다 넓었다. 원래 여기에는 청소 비품

보관대와 그리 넓지 않은 분리수거장이 있었는데, 아마도 흰 가운이나 흰 가운의 관계자가 폐교를 구입하고 나서 땅을 늘린 듯했다.

그곳에는 작지도 크지도 않은 정원이 꾸며져 있었다. 그리고 정원의 중심에는 작은 집이 지어져 있었는데 달리 생각하면 커다란 폐교 건물을 정원의 입구로 쓴다고 봐도 될 것 같았다.

그런데 발을 디디자마자 그곳에 몽글몽글하게 피어 있던 꽃들이 반짝거리는 바람에 나는 깜짝 놀라고 말았다.

마치 꽃들이 나를 환영하는 것처럼 보였다. 작년 연말에 기차역 광장에서 엄마랑 같이 보았던 크리스마스트리도 이만큼 요란스럽지는 않았더랬다.

나는 무언가에 홀린 듯 조심스레 꽃들에게 다가갔다. 나도 모르게 손을 뻗어 꽃잎들을 쓰다듬자, 꽃잎들은 부끄러운 듯 밝기를 누그러뜨렸다. 마치 낯선 손님에게 제 이름만 말하고 방으로 훌쩍 들어가 버리는 꼬마처럼 말이다.

신기하게도 그 모습에 아까까지만 해도 내 속을 뒤집어 놓던 걱정들이 말끔히 없어졌다. 아무리 달려도 달라붙어 있던 걱정들 말이다. 그제야 나는 집으로 돌아가려던 생각을 완전히 멈추었다. 지금 중요한 건 이 꽃들을 좀 더 감상하는 일이니까.

"조팝나무 꽃이네."

"뭐?"

"근데 스파이리아 프루니폴리아 바 심플리시플로라 중에 이렇게 빛을 내는 종도 있었나?"

나는 스파이… 뭔가보다는 차라리 조팝나무가 낫다고 생각했다. 얘네 이름이 조팝나무구나. 조팝나무, 조팝나무라. 자칫 잘못 발음하면 욕처럼 들릴 수도 있으니 발음을 잘해야겠다고 생각했다. 차라리 팝콘나무라고 했으면 더 좋았을 것을.

"너 여기 살아?"

"응. 그런데 여기서 지내는 동안 한 번도 이런 적은 없었어. 역시나 외부인이 들어와서 그런가?"

"외부인? 쟤들이 저러는 게 나 때문이라고?"

"확실하진 않아. 확실한 건 나 혼자 있을 때는 안 그랬다는 거지. 자세히 말할 수 없지만, 여기는 좀 특별한 장소라. 누군가 들어올 수도, 나갈 수도 없어. 근데 보면 볼수록 신기하네."

"무슨 통제구역 같은 거야?"

"그렇다고 볼 수 있지. 사실 여긴 물리적 특이점을 조사하기 위한 장소야. 난 여기서 연구원으로 지내고 있고."

그러고 보니 정원 곳곳에 커다란 확성기처럼 생긴 장치, 원반처럼 생긴 장치, 이상한 안테나처럼 생긴 장치가 즐비했다.

"뭘 조사하는 중인데?"

"이 세상에는 가끔 물리법칙이 적용되지 않는 비정상적인 장소가 있어. 중력이 빛까지 흡수해서 눈으로는 볼 수 없는 블랙홀의 사건의 지평선 안쪽이라든가, 항상 한쪽 극만 가리키는 북극점이나 남극점 같은. 그런 장소를 특이점이라고 불러. 여긴 그런 특이점이고, 나는 여기가 어떤 종류의 특이점인지 조사하는 중이야."

"대단하다….."

진심이었다. 흰 가운에겐 상투적으로 들릴지 몰라도, 지금은 그 말밖엔 나오지 않았다. 나이도 나랑 비슷한 것 같은데 벌써 연구원이라니. 어쩌면 고등학교, 심지어 대학교 과정도 모두 끝냈을지도 모른다. 그렇다면 천재인가?

"근데 너 여긴 어떻게 들어왔어?"

"그냥. 문 열고."

"정말? 그 문이 열렸다고? 분명 잠겨 있었는데. 아닌가?"

흰 가운이 더 말하려는데 새하얀 빛을 내던 꽃잎들이 댓바람에 훅 휘날리며 우리의 얼굴을 쓰다듬었다. 나는 마치 별빛의 소용돌이를 보는 듯한 착각에 사로잡혔다. 좋은 구경하네. 나는 흰 가운이 말하든 말든 다시금 꽃잎에 사로잡혔다. 이런 아름다운 광경을 매번 볼 수 있는 것도 아니니.

"어떻게 문을 연 거야?"

"나도 몰라."

"여긴 분명 강한 힘으로 통제된 곳인데….."

그 아이에게서 잠시 침묵이 흘렀다. 하지만 나는 더 말하지 않고 조용히 꽃잎들의 재롱만 바라보았다.

그 아이의 침묵이 조금 길어질 무렵, 문득 그 아이에게 고맙다는 말도 못 했음을 알았다. 단지 낯설다는 이유로 말이다. 아무리 발버둥쳐도 전혀 기분이 풀리지 않았는데 폐교 뒤의 비밀 정원을 보며 조금 위로받았다. 그러니 다른 건 몰라도 고맙다고는 해야겠는데….

그렇지만 흰 가운을 입은 아이는 아까부터 심각한 모습이었다. 내가 정원을 만끽하는 동안에도 혼자서 이리저리 옮겨 다니며 꽃들을 유심히 바라보았다. 내가 감상을 하고 있다면, 그 아이가 하는 건 관찰이었다.

"난 이현이야."

"뭐?"

"내 이름."

침묵이 더 길어지기 전에 내가 먼저 쭈뼛거리며 입을 열자, 그 아이가 날 빤히 쳐다보았다. 사람 민망하게도 그게 무슨 의미인지 바로 알아차리지 못하다가 내 표정을 보고서야 단조롭고 메마른 답신을 했다.

"그래 반갑다. 이현아."

"아니. 성이 이고 이름이 현이."

"현이?"

"볼 현, 너 이."

"아, 현이가 이름이었구나. 난 수아라고 해."

신기하게도 매번 전학 가서 이름을 말할 때마다 어려워하던 내가 처음 보는 애 앞에서 스스럼없이 이름을 말하고 있다. 스스로 너무 나간 게 아닌가 싶을 정도로.

하지만 통성명을 마치자 분위기는 더 어색해졌다. 무슨 말을 이어 갈지 궁리하는데 전화벨이 울렸다. 엄마였다. 나는 당황한 나머지 통화 거절 버튼을 누르고는 교복 주머니에 휴대 전화를 쑤셔 넣었다. 엄마에게 지금의 상황을 제대로 말할 자신이 없어서였다.

"전화 받아도 돼."

"괜찮아. 좀 이따가 또 올 전화라."

"그럼 나 좀 도와줄래?"

"뭔데?"

"너 여기 들어와서 처음에 뭐 했어?"

"응?"

"저 앞 공터에서 뭐 했냐고."

"특별히 한 건 없는데? 그냥 달리기밖에 안 했어."

"그거 다시 해 봐."

"뭐?"

"아무래도 너의 그 달리기가 이 꽃잎들을 미쳐 버리게 만든 것 같아."

내가 대답하려는데 다시 휴대 전화가 울렸다. 이번엔 왠지 받아야 할 것 같았다.

"응, 엄마."

"너 지금 어디야! 어딘데 여태까지 안 오고 있어?"

"그건… 집으로 가는 중이야. 곧 도착해."

그 뒤 엄마가 무슨 말을 했지만, 정확히 들리진 않았다. 너무 당황하면 목소리가 들리지 않는다는데 내용은 잘 몰라도 아마 좋은 소리는 아니었을 것이다. 겨우 엄마를 진정시키고 전화를 끊으려다 그만 깜짝 놀라고 말았다. 수아가 내 코앞까지 다가와 얼굴을 내밀고 있었으니까.

"너 말이야. 여기 어떻게 들어왔는진 모르겠지만, 평범한 아이는 아니구나."

"갑자기 왜 그래?"

"네 손목에 그 태극 마크."

"응?"

"시곗줄로 가려도 다 보여. 너 막 갑자기 사라지고 그러지?"

수아가 아무렇지 않게 내뱉은 말.

하지만 그 말에 나는 머리를 세게 얻어맞은 기분이었다. 아까 세은이가 나에 대해 말했을 때처럼 말이다. 그 말도 안 되는 사실은 하도 말이 안 되어서 이 세상에서 엄마와 나 둘만의 비밀로 하기로 했는데, 생전 처음 보는 아이가 나의 비밀을 알고 있다.

그것도 비밀이 시작된 장소에서.

"네가…. 그걸 어떻게 알아?"

"나도 너처럼 이 태극 마크 땜에 사라지고 그러거든."

수아가 내게 손목을 내밀었다. 수아의 것은 내 것과 크기도 모양도 같았다. 하나 다른 점은 내 손목에 있는 것은 가운데 태극 물결 부분이 더 뚜렷하지만, 수아의 것은 바깥쪽 원의 윤곽이 뚜렷하다는 점이다. 그러나 수아에게 나와 같은 표식이 있다는 것만으로도 수아가 내 비밀을 아는 상황이 결코 우연이 아님을 알 수 있었다.

그러자 가슴이 미어지는 것 같았다. 나와 같은 아이가 있었다는 사실이 반갑고 기쁘기보다 슬프고 괴로웠다. 지금까지 사라짐은 그저 환상 속에만 존재하는 괴물이 가끔 현실로 튀어나와 나를 괴롭히는 것쯤으로 여겼다. 그렇게 해서라도 내가 처한 이 이상한 현실을 부정하려 했는데, 나와 전혀 상관없고 만난 적도 없는 아이가 나와 같은 병에 걸렸다는 사실이 사라짐이 환상의 괴물이 아니라 진짜 괴물이라는 걸 보여 주고 있었기 때문이다.

"나, 갈게."

"어? 어디 가려고? 아까 여기 들어와서 한 행동, 재현해 보기로 했잖아."

"다음에."

"야! 야!"

나는 서둘러 폐교 건물 뒤편을 빠져나왔다.

저 아이는 귀신이야. 귀신이 틀림없어.

당연한 말이다. 이런 이상한 일을 재까지 겪고 있을 리 없어.

아니면 환상인가? 스트레스를 너무 받아 잠시 미쳤었나.

뭔가에 홀렸다고 확신하자 온몸에 소름이 돋았다. 그러는 나의 걸음은 점차 빨라졌다. 건물을 가로질러 저 앞에 낡은 교문을 향해 발걸음을 옮겼다.

"지금 나가면 안 돼! 아직 특이점 수치가 안정화되지 않아서 예측하지 못한 일이 벌어질 수도 있다고!"

수아라는 아이가 등 뒤에서 외쳤지만, 나는 들을 생각도 하지 않았다. 얼른 여길 빠져나가고 싶었다.

"그만두래도!"

하지만 수아의 달리기가 더 빨라서인지 결국 수아에게 붙잡히고 말았다. 수아가 내 어깨를 잡자, 나는 비명을 지르며 크게 뿌리쳤다. 하지만 그 바람에 중심을 잃고 넘어지고 말았다. 눈앞이 빙글빙글 돌았다. 수아 역시 나와 겹쳐 버리고 말았다. 그 상태로 우리 둘은 바닥에 쓰러졌다.

수아의 몸 - 한 몸 두 마음

나는 달리기 차례를 기다리고 있었다. 약간의 긴장과 부담. 출발 신호가 떨어지자 달리기 시작했다. 나의 레이스는 결승선으로 향해 있었다. 옆의 아이와 앞서거니 뒤서거니 하다 그대로 결승선마저 통과해 버린 나는 곧장 진행 선생님에게 달려가 떼를 쓰기 시작한다. 1등 손목에만 찍어 준다는 태극 마크 도장을 받으러.

맨 처음 사라지던 그날의 일. 나는 사라질 때마다 그날의 꿈을 꾼다.

이번에 사라지면 몇 번 남더라. 딱 한 번이던가? 그 한 번마저 지나면 어떻게 될지 모르지만, 그래도 엄마에겐 얘기해야겠지?

엄마도 마음의 준비가 필요할 테니까.

햇빛이 눈을 간질이는 바람에 저절로 눈이 떠졌다. 하지만 너무 눈이 부셔서 다시 눈을 감아야만 했다.

그때 검은 시야의 구석에서 팟 하고 떠오른 숫자.

분명 숫자 2였다.

어라, 숫자가 줄어들지 않았어?

분명히 사라질 때의 느낌이었다. 수아가 나를 잡아챈 순간 나는 사라진다고 확신했다. 그 느낌은 매번 겪는 경험이어서 절대 잊을 수도 없고 헷갈릴 수도 없다.

나는 다시 확인해 보려고 눈을 끔뻑끔뻑, 감았다 떴다를 반복했다. 숫자가 줄어들지 않았다는 사실이 기쁘기도 하지만, 한편으로는 황당하기도 했다. 그날 진행 선생님이 태극 마크를 다른 아이에게 찍어 줬다고 했을 때처럼 말이다. 분명 난 사라졌다 다시 돌아온 것 같은데 숫자가 줄어들지 않았다니. 이거 어찌해야 하지? 어떻게 받아들여야 하지?

일단 몸을 일으켰다. 몸이 찌뿌둥해서 기지개도 켰다. 언제나처럼 사라졌다가 돌아오면 몸이 찌뿌둥하지만, 그래도 지금은 왠지 살아 돌아온 것처럼 기뻤다. 주위를 둘러보자 폐교의 교문 앞이었다. 문은 아예 잠겨 있었다.

어떻게 여길 빠져나왔지? 그 이유는 둘째 치고 보아하니 한데서 그대로 잠들었던 모양이다. 노숙을 하다니!

하지만 나를 더욱 당혹스럽게 만든 것은 그런 내 얼굴을 물끄러미 내려다보는 엄마와 경찰관 언니였다.

"여기서 잔 거야?"

"아니. 저 안에서."

"폐교 안? 저기 저렇게 큰 자물쇠가 걸려 있는데 안에서 자고 나왔다고? 그리고 넌 누군데 처음 본 어른한테 반말이니?"

"누구긴 누구야, 나지."

"현이 어디 갔어?"

"무슨 소리야? 내가 현이인데."

뭔가 이상하게 돌아가는 느낌이었다. 바닥에는 내 가방과 소지품이 흩어져 있어 상황만 봤을 때 뭔가 큰일이 난 것처럼 보였다.

"현이 어딨어! 빨리 말해!"

옆에 있던 경찰관 언니가 말리지 않았다면 나는 흥분한 엄마에게 무슨 일을 당했을지 모른다. 경찰관 언니는 엄마를 잠시 물러서게 하더니 내게 다가와 말했다.

"학생, 소지품 여기 두고 서에 좀 같이 가야겠다."

"무슨 말이에요?"

"잠깐이면 돼."

나는 영문도 모른 채 자리에서 일어나 경찰관 언니를 따라나섰다. 엄마가 왜 저러지? 경찰은 또 뭐야? 그러나 순찰차에 오르자 나의 의문들은 모두 해결되었다. 차 안 룸미러에 비친 모습을 통해.

　나는 수아가 되어 있었다.

　그렇다. 왠지 모르겠지만 나는 지금 수아다.
　어제까진 아니었지만, 지금은 맞다.
　속은 아닐지 몰라도 적어도 겉모습은 그렇다.
　사라질 때보다 더 황당한 일이 생기다니! 난 왜 맨날 이런 일만 겪는 거지?
　"너, 우리 현이 어딨는지 똑바로 말해!"
　"아주머니, 죄송한데 학생한테 자꾸 윽박지르시면 아예 입을 닫을 수도 있습니다. 일단 서에 가서 무슨 일이 있었는지 알아보자고요."
　내가 엄마를 진정시켜야 하는데 그 역할을 경찰 언니가 대신하고 있었다. 어디부터 뭘 해야 할지 정신을 차릴 수 없었다.
　엄마가 내 소지품에 관해 묻자, 경찰 언니는 조사가 끝나는 대로 수거해 줄 테니 그대로 두고 가자고 했다. 그래도 혹시 연락이 올지 모르니 휴대 전화는 챙겨 가도 된다고 했다. 엄마는 경찰 언니의 말을 순순히 따랐다. 여기서 화내 봤자 별 이득이 없다고 생각해서일 것이다.
　경찰서로 향하는 차 안은 너무나도 조용했다. 갑자기 닥친 모든 상황이 견디기 힘들 정도로 불안했다. 한숨인지 심호흡인지 모를 깊은 숨을 내뱉는 것마저도 조심스러웠다. 운전석에 앉은 경찰 언니가 가는 도중 이런저런 질문을 했는데, 무슨 내용을 어떻게 대답했는지 기억나지 않았다. 가면서 들었는데 엄마가 경찰관까지 대동하여 나를 찾은 이유는 집에 돌아온다던 애가 집에도 안 오고 전화도 받지 않아 실종 신고를 해서란다. 실종 신고를 하면 경찰에서 위치 추적을 할 수 있으니까. 그런데 난 어떻게 수아가 되었지?

– 쫄지 마.

이럴 수가! 수아였다. 분명 수아의 목소리였다.

수아가 내 안에서 아니 수아의 안에서 말하고 있었다.

이유나 상황이 어찌 되었든 나는 그 목소리가 너무나도 반가웠다. 지금 내 편에서 이 말도 안 되는 상황을 정리해 줄 사람은 이 아이밖에 없다.

"뭐가 어떻게 된 거야!"

그러자 앞 좌석의 두 사람이 거의 동시에 뒤를 돌아보았다. 나는 아무것도 아니라며 적당히 얼버무려서 상황을 모면했지만, 조심할 필요가 있었다.

– 지금은 말하고 싶은 걸 바로 내뱉으면 안 될 것 같아. 한 번 쉬었다가 천천히. 속으로 말한다는 느낌으로. 성대를 쓰지 말고 속삭이듯이. 평소대로 말하면 이 상황에선 혼자 중얼

대는 거로밖에 안 보이니까.

'어떻게?'

- 그렇게.

'이렇게?'

- 응, 잘하네.

'그런데 이제 어쩌지?'

- 저분이 네 어머니셔?

'응, 울 엄마 지금 기절하기 직전이다.'

- 나도 기절하고 싶다. 대체 왜 이렇게 되었지?

'너도 몰라?'

- 응.

'그럼 어떡해?'

- 일단 얌전히 경찰서로 가는 수밖에.

'가서 뭐라고 그래?'

- 지금 너희 엄마는 딸이 무슨 큰일을 당했다고 생각하시는
  것 같으니 딸이 무사하다고 믿게끔 하는 게 중요해.

'그러니까 그러려면 어떻게 해야 하냐고.'

- 일단 쓸데없는 오해를 하시지 않게끔 해야지. 뭘 말할지 모
  르거나 애매하면 무조건 모르겠다고 해.

경찰서에 도착한 나는 나의 행방에 대해 추궁받았다. 그러나

대답하기 어려운 질문들. 이를테면 어제 이현이와 무엇을 했으며, 왜 폐교에 있었는지, 지금 이현이는 어디에 있는지를 물어보는 질문에 대해서는 수아의 조언대로 무조건 모른다고 답했다. 그러자 엄마는 내가 잘 있다고 믿기는커녕 완전히 정신이 나가 버렸다.

"현이 어딨어! 어딨냐고!"

엄마가 내 멱살을 잡자 이대로 안 되겠다고 생각한 경찰 언니가 우리 둘을 떼어 놓았다. 경찰 언니가 아니었다면 평소에도 물불 안 가리는 엄마에게 정말로 큰일났을지도 모른다.

"조금 쉬었다 할래?"

경찰 언니는 나를 밖으로 데리고 나오더니 근처 커피 전문점에서 바닐라라떼를 사주었다. 거절하려다 엄마도 이쯤은 이해해주겠지 생각하고 받아 마셨다. 따뜻하고 달달한 게 들어가자 마음이 조금 진정되었다.

"현이 친구야?"

"네."

"현이 어디 갔는지 알아?"

"몰라요."

"그렇구나. 혹시 말하기 힘든 뭔가가 있어?"

"네?"

"안에서 말하기 힘들면 언니한테만 살짝 말해 줄래? 소지품이 흩어진 현장만 봐선 강력 사건이 의심되기도 하고."

강력 사건이란 말에 정신이 번쩍 들었다.

"그건 엄마… 아니, 현이 어머님께만 말할게요."

"정말이니? 괜찮겠어?"

"네, 약속할게요. 대신 언니가 아줌마 좀 진정시켜 주세요."

"알았어. 나도 약속할게."

경찰 언니는 다른 사무실에 있던 엄마와 한참을 얘기하더니 잠시 후 엄마는 내가 있던 사무실로 들어왔다. 엄마는 그새 초췌해진 모습이었다. 흥분이 완전히 가라앉아 보이진 않지만, 그래도 경찰 언니 덕분에 조금 누그러진 듯했다. 나는 엄마하고 책상을 사이에 두고 마주 앉았다. 사무실 안에는 우리 둘뿐이었다.

"몰아붙이면 더 말을 안 할 거라고 해서 참는 데까진 참아 보겠다만, 언제까지 참을 수 있을지 모르겠다."

엄마의 퉁명스러운 말에 나는 침을 꼴딱 삼켰다. 그러자 내 안에서 목소리가 들려왔다.

– 할 수 있겠냐?

'응. 우리 엄마니까.'

그 말에 수아도 말리지 않았다. 나는 조심스레 입술을 뗐다.

"엄마."

"자꾸 엄마라고 부르지 마. 내가 왜 네 엄마야?"

"믿기 힘들겠지만, 지금은 내가 현이거든. 이유영 씨 딸. 이

현이."

"너 현이 친구인 것 같은데 아줌마가 부탁 하나 할게. 사실 우리 애가 많이 아파. 그러니까 장난치지 말고 어디 있는지만 알려 줘. 그럼 더는 얘기 안 하고 집으로 보내 줄게. 부탁이야. 이렇게 빌게. 응?"

엄마의 눈에 어느새 눈물이 고였다. 평소 강하고 똑 부러지던 엄마에게선 보기 힘든 모습이라 나 역시 이를 보고 있기가 무척 힘들었다.

"현이만 무사하면 아줌마가 다 용서해 줄게. 현이 지금 어디 있니? 응?"

"엄마, 미안한데 제발 날 믿어 줘. 지금은 내가 애고, 얘가 나야. 겉은 수아의 몸이지만, 안에는 우리 두 사람이 같이 있다고."

"자꾸 장난칠 거니?"

엄마는 다시 원래의 엄마로 돌아왔다.

"무슨 말도 안 되는 소리야! 너 정말 아줌마한테 혼나 봐야 정신 차릴래?"

엄마는 내 말을 믿지 않고, 나는 내 말을 믿어 달라고 하는 악순환이 반복되는 한, 대화가 진행될 것 같지 않았다. 그때 하나 스쳐 가는 게 있었다. 이 세상 누구도 모르는 엄마와 나, 우리 둘만의 비밀.

"엄마."

"그렇게 부르지 마."

"우리 생존 규칙 있잖아. 알지? 나 사라지지 말라고 엄마가 만들어 줬잖아."

"네가 그걸 어떻게 알아? 현이가 그러든?"

"아니, 난 누구에게도 그걸 말한 적 없어."

"그런데 네가 어떻게 알아?"

"그야… 내가 현이니까."

나는 엄마 앞에서 생존 규칙을 토씨 하나 틀리지 않고 읊었다. 엄마가 만든 규칙을 말하자 내 말은 들으려 하지 않으려던 엄마의 눈동자가 크게 흔들렸다.

그럴 수밖에. 생존 규칙은 내가 겪는 미친 상황 속에서 우리를 미친 사람 취급하는 이 세상에서 살아남기 위해 만든, 엄마와 나만이 아는 암호니까.

"말도 안 돼. 넌 분명…."

"이건 지금의 규칙이지만, 예전에 반지하 방에 살 때는 벽지 쪽에 붙어 자지 말라는 규칙이 있었어. 벽지에 곰팡이가 슬어서 내 건강에 좋지 않을 수도 있으니까. 더 예전에 엄마가 멀리 일 다녀야 할 때는 무슨 일이 있어도 밤 9시까지는 돌아오겠다는 규칙이 있었어. 엄마가 그 시간까지 돌아오려면 새벽 4시에 출근해야 했지만 말이야."

"어떻게 그런 것까지."

"말했잖아. 겉모습은 현이가 아니어도 내가 현이라고."

"허, 참…. 기가 막혀서 원."

"물론 받아들이기 힘든 상황인 거 알아. 그래도 사라지는 것도 받아들인 마당에 이번에도 한 번 더 믿어 주면 안 돼? 원래대로 돌아가는 방법은 어떻게든 찾아볼게."

어느새 나는 엄마 앞에서 싹싹 빌며 눈물까지 흘리고 있었다. 그런 내 모습에 엄마도 조금 마음이 열렸는지 갑자기 내가 입고 있는 흰 가운의 옷자락을 잡고는 굵은 눈물을 뚝뚝 흘렸다.

내가 사라지기 시작한 뒤부터 나도 엄마도 사는 게 아니라 살아남는 중이었다. 엄마는 내게 몸에 좋은 음식 하나 더 먹이면 괜찮아질까 하는 마음에, 더 싸고 좁은 집으로, 더 보수를 많이 받는 힘든 일터로 옮겨 다녔다. 그런데 지금 생판 모르는 아이에게 이사 다닐 때마다 조금씩 바뀌었던 생존 규칙에 대해 듣는 순간, 고생하던 지난날이 떠올랐는지도 모른다.

나 또한 엄마를 시험하는 것 같아 마음이 좋지 않지만, 결국엔 날 믿어 줄 거라고 확신했다. 이 근거 없는 자신감은 세상에서 사라지지 않으려고 버텨 온 엄마와 나만의 삶의 발자국에서 비롯된 것이다. 그 발자국을 엄마가 먼저 싸리비로 치워 버릴 일은 없으니까.

한참을 울고 난 엄마는 마음이 진정되었는지 퉁퉁 부은 눈으로 날 노려보며 말했다.

수아의 몸 - 한 몸 두 마음

"만일 네가 장난치는 거고, 우리 현이에게 진짜 뭔 일 난 거라면 난 절대로 널 용서하지 않을 거야."

그 길로 엄마는 나를 데리고 경찰서를 나왔다. 애들끼리 장난친 것 같으니 알아서 해결하겠다고 했다. 경찰 언니가 그래도 좋냐고 되묻자, 엄마는 장난으로 밝혀졌고 저 아이도 집에 아직 연락도 못 한 것 같으니 이쯤에서 마무리 짓고 싶다고 했다. 엄마의 말을 듣고 곰곰이 생각하던 경찰 언니는 결국, 엄마의 의견에 동의하고는 무슨 일이 있으면 연락해 달라며 명함을 건넸다. 폐교에 두고 온 소지품은 현이 학생이 돌아오면 가져가도 좋다는 말과 함께.

엄마는 일단 근처 순댓국집으로 나를 데리고 갔다. 종일 굶어서 배가 고픈 찰나, 김이 모락모락 나는 순댓국이 나오자 밥 한 공기를 뚝딱 말아 버린 건 내가 아니라 엄마였고 나는 입이 델세라 수저로 조심스레 국물만 떠먹었다. 몇 술 뜨던 엄마는 그런 내 모습을 물끄러미 바라보았다.

"음식 앞에서 깨작거리는 건 딱 우리 현이인데."

"내가 현이라니까."

"그러니까 겉모습은 이래도 네가 현이란 말이지?"

"응."

"알았다. 일단 믿어 보겠다만, 앞으로 어찌해야 좋을진 모르겠다.”

순댓국을 다 먹은 우리는 경찰서 앞에 주차된 엄마의 트럭에 올랐다. 그러자 이제껏 잠자코 있던 수아가 속삭였다.

– 폐교에 데려다달라고 해.

'소지품 가지러?'

– 그것도 그렇고, 뭔가 확인하고 싶은 게 있어서.

수아 말대로 폐교에 가자고 하자, 엄마도 마침 그럴 참이었다며 트럭에 시동을 걸었다. 한동안 달려서 우수리로 돌아왔을 땐, 들녘 너머로 땅거미가 내리고 있었다. 엄마는 신작로 입구에 트럭을 세우고는 빨리 소지품만 챙겨서 오라고 했다. 엄마는 오늘 하루 받지 못한 전화에 뒤늦은 답신을 하고 있었다. 함바집 사장님으로부터 온 전화였는지 연신 죄송하다는 말만 되풀이했다. 나는 얼른 다녀오겠다고 말하고는 조심스레 차에서 내렸다.

교문 앞에 떨어진 내 소지품을 챙기려는데 수아가 그 전에 먼저 폐교 안에 들어갔다 나오자고 했다. 다행히 수아의 가운 주머니에 교문 열쇠가 들어 있어서 어렵지 않게 안으로 들어올 수 있었다. 하지만 건물 뒤로 돌아온 순간 우리는 깜짝 놀라고 말았다.

어제만 해도 잔뜩 피어 있던 조팝나무꽃이 모두 시들어 있던 것이다. 하루 사이에 이렇게 말라비틀어질 수도 있는지도 궁금한데, 뒤이어 수아는 알 수 없는 말들만 중얼거렸다.

– 입구가 두 개 뚫린 폐교 건물을 통과하면 건물 뒤의 정원에

특이점의 결과가 나타난다. 그렇다면 건물이 자연적인 이 중슬릿 현상을 만들어 내는 걸까? 우리가 본 빛을 내는 꽃들은 빛의 입자를 형상화한 거란 말인가? 아니야. 그럴 리 없어. 그런 현상은 아주 작은 미시 세계에서만 일어난다고. 아니지, 그렇다고 1나노미터까지가 미시 세계이고, 2나노미터부터는 거시 세계라고 정해진 것도 아니잖아. 만일 꽃들이 어떤 결과치를 보여 준다고 가정했을 때, 관측되지 않았을 때의 관측값을 나타내는 특이점이라면, 그렇다면 이곳은?

수아의 알 수 없는 주절거림에 별 의미를 두지 않은 채 다시 밖으로 나가려고 했는데, 갑자기 수아가 소리를 질렀다. 속으로 하는 말이었는데도 나까지 덩달아 깜짝 놀랄 정도였다.

– 드디어 알아냈어! 우리가 사라지는 이유를!

'뭐? 그게 정말이야?'

알 수 없는 말들을 지껄이다 뜬금없이 사라지는 이유를 알아냈다는 수아에게 나는 깜짝 놀라 되물었다. 사라지는 이유를 알아냈다고? 난 수많은 밤을 고민해도 고개를 끄덕일 만한 답을 찾을 수 없어 그냥 병이라고 생각하는데? 하지만 똑똑한 수아가 이유를 알아냈다고 하니, 지금 엄마에게 돌아가는 일이 중요한 게 아니었다.

'뭔데? 뭐야? 그 이유가.'

- 여기가 특이점이라고 한 말 기억나? 지금까지 난 이곳이 어떤 물리적 특성을 가진 특이점인지 조사하고 있었는데 네가 나타나면서 확실히 알았어. 여긴 양자적 특성을 가진 특이점이야.

'좀 더 알아듣기 쉽게 설명해 줘.'

- 알았어. 우리가 사라지는 이유는….

'이유는?'

- 바로 양자역학 때문이야.

'뭐라고?'

그러나 정작 그 이유를 듣자 김빠지는 기분이었다. 너무 황당하고 어이가 없어서 픽 하고 웃음마저 나왔다. 양자역학? 그게 왜 여기서 나와? 말도 안 되는 사실을 말도 안 되는 이론으로 설명해 버리면 거기서 거기잖아.

'갑자기 무슨 뜬금없는….'

- 달리기해 준다며? 얼른 출발선에 서 봐.

- 응? 아… 알았어.

수아가 사라짐의 이유를 밝혀냈는진 모르겠지만, 그와 별개로 약속은 약속이니까 나는 운동장으로 향했다.

- 최대한 그날과 같은 상황을 만드는 거야. 알았지?

'오케이.'

- 그럼, 달려 봐. 건물 현관을 가로질러서 특이점의 정원이

있는 곳까지.

수아는 나를 출발선 앞에 세웠다. 수아의 몸으로 달리는 거지만, 그날처럼 왠지 모를 긴장감이 들었다. 수아의 모습을 한 내가 팔을 걷자 동그란 태극 마크가 선명하게 보였다. 정말 수아의 말대로 우리의 사라짐이 양자역학과 관련 있는 걸까? 모르겠다. 다만 지금 내가 해야 할 일은 그날처럼 달리는 일이었다.

'간다.'

나는 달음질을 시작했다. 그날을 재현해 보자고 했으니 적당히 달릴 게 아니라 전력 질주를 해야 했다. 곧이어 발자국이 툭탁거리며 바람을 가르는 소리가 들렸다. 나는 바람을 가르며 학교 건물을 향해 가고 있었다.

수아의 말이 맞을까?

그러나 의문이 무색하게도 현관을 지나 뒤뜰에 다다르자, 시들어 있던 조팝나무꽃들이 조금씩 꼼지락댔다. 두 번, 세 번. 달리기를 반복하자, 꽃들은 빛을 내며 환하게 피어올랐다. 언제 봐도 예쁘고 신기한 광경에 나는 놀란 입을 다물지 못했다.

그리고 정원의 꽃밭 속에서 신기하게도 우리의 몸은 둘로 나뉘었다. 수아는 그럴 줄 알았다는 듯 아무 말 없이 고개만 끄덕이고 있었다.

"이제 난 집에 가면 되겠네. 넌 여기 있고."

"그래, 잠시 소동이 있었지만 대충 해결된 거 같다."

수아가 나를 배웅해 준다고 했다. 괜찮다고 했지만, 한사코 교문 앞까지만 간다고 해서 그러라고 했다. 그렇게 단순한 해프닝으로 끝나는가 싶었는데, 아니나 다를까 엄마에게 돌아가려고 교문을 나서는 순간, 우리의 모습은 다시 하나로 합쳐졌다.

그런데 놀랍게도 이번 모습은 원래의 나, 현이의 모습이었다.

수아는 잠시 절망하더니, 이번에도 왜 그런지 알겠다며 일단 엄마의 트럭이 서 있는 신작로 입구로 가자고 했다. 아무 말 없이, 한 몸에 아직 두 마음이 존재한 채로.

현이의 몸 - 우리는 영원할 수 있을까?

트럭에서 날 기다리던 엄마는 내가 원래의 모습으로 돌아오자 깜짝 놀랐다.

"너 지금까지 어딨었어? 아까 그 애는? 설마 그 애 안에 네가 있고 어쩌고 했던 건 다 장난이었어?"

갑자기 쏟아지는 엄마의 질문들에 어찌 대답할지 망설이는데, 안에서 목소리가 들렸다.

- 아직은 말씀드리지 않는 게 좋을 거 같아.

나도 수아의 말을 따르는 게 좋을 것 같았다. 딸이 제 모습으로 돌아와서 그런지, 엄마가 겉으론 화를 내고 있어도 그 안에서 왠지 모를 안도감이 느껴졌기 때문이다. 겨우 잔잔해진 근심이 다시 파도처럼 몰아치는 걸 보고 싶지 않았다.

"어, 친구랑 장난 좀 쳤어."

"아휴. 이놈의 자식, 내 이럴 줄 알았어. 대체 왜 그런 거야!"

"몰라. 그냥 스트레스 받아서."

"내가 이런 줄도 모르고 경찰까지 부르고 그 난리를 쳤으니…."

엄마가 투덜거리며 트럭에 시동을 걸었다. 집에 가서 보자는 식이다. 하지만 집까지 참기 힘들었는지, 가는 내내 엄마는 왜 그런 장난을 쳤냐는 둥, 그걸 받아 준 그 아이는 뭐냐는 둥 잔소리를 늘어놓았다. 그러나 경찰차에서 그랬듯 제대로 답변한 건 하나도 없었다. 그렇게 소동은 한순간의 일탈로 정리되는 분위기였다.

"조심해!"

트럭에서 내리다 고꾸라질 뻔한 나를 엄마가 붙잡았다. 자칫 크게 다칠 수도 있었다는 생각에 아찔했다. 왜 이렇게 속을 썩이냐는 엄마의 투덜거림에 잠시 딴생각을 한 탓이라고 대꾸했다. 그러나 사실은 엄마에게 말하지 않은 비밀. 한 몸에 두 마음이 있는 상태여서 수아는 오른쪽, 나는 왼쪽으로 가려다 생긴 일이었다.

– 안 되겠다. 우리 규칙을 좀 정하자.

'규칙?'

규칙이라는 말만 들어도 진절머리가 났지만, 지금은 어쩔 수 없어 보였다.

'어떤 규칙인데?'

- 앞으로 몸을 조종하는 건 그 몸의 주인이 하는 게 어때? 즉, 네 모습일 땐 네가, 내 모습일 땐 내가. 지금은 네 모습이니까 네 뜻대로 왼쪽으로 가는 거야. 나머지 사람은 한 템포 쉬었다가 그 사람이 가는 대로 가는 거지.

'좋아.'

반대할 이유는 없었다. 사라지는 것도 모자라 모르는 아이와 몸이 섞여 버렸으니 일단 어떻게든 정리하는 게 우선이었다. 그게 효율적인지 아닌지는 나중에 생각할 일이고.

집에 들어오자, 엄마가 저녁을 해 준다고 했지만, 순댓국을 먹어서 생각이 없다고 했다. 그러자 엄마는 식사 대신 직접 담근 매실액을 내왔다. 요리에도 사용하지만, 찬물에 타서 먹으면 꽤 맛이 난다. 이 정도밖에 대접할 게 없어서 수아에게 조금 미안했지만, 매번 즐겨 마시는 거라 티를 낼 수도 없었다. 엄마가 매실액에 수면제를 탄 것도 아닌데 다 마시자 졸음이 쏟아졌다. 하긴, 오늘 많은 일이 있었지. 나는 내 방으로 들어와 조용히 침대에 누웠다.

- 잘 거냐?

'응. 왜?'

- 하나만 묻자. 대체 거긴 어떻게 들어온 거냐?

'우수초등학교?'

- 그래. 폐교. 거긴 네가 생각하는 것보다 중요한… 아니다. 아무튼 거긴 외부인은 함부로 들어올 수 없는 곳이야.

'모르겠어. 그냥… 정신을 차려 보니 우수초등학교였다고나 할까?'

- 뭐 하느라 정신을 놓고 있었는데?

'그날 제일 친한 친구가 나에 대해 험담하는 걸 들었고, 슬퍼서 이리저리 돌아다니다 우수초등학교가 나왔어. 사실 나 거기 다닌 적 있지만, 폐교된 뒤로 잊고 있었거든. 잊을 수 없는 곳인데도.'

처음엔 그날 있었던 일로 시작했지만, 얘기하다 보니 어느새 수아에게 시시콜콜한 것들까지 전부 털어놓고 있었다. 사라짐, 운동회, 손목 위의 태극 마크, 엄마의 생존 규칙, 중학교에서의 생활 등. 단 하나, 사라질 때마다 보이는 숫자만큼은 얘기하지 않았다. 만약 수아도 나와 같은 숫자를 보고 있다면 수아도 나만큼 괴로워하는 중일 테니까. 굳이 아픈 곳을 찌르고 싶진 않았다.

- 그래서 그 세은이라는 애랑 잘 지내고 있었는데, 사실 세은이는 너에 대해 그렇게 생각하고 있었다고? 뭐 그런 애가 다 있지?

'그래도 본성이 나쁜 애는 아니야.'

- 음, 알았다.

'내 얘긴 여기까지. 졸리다.'

– 잠깐만. 네 얘기를 듣고 뭔가 떠오르는 생각이 있는데 한번
　들어 볼래?

'뭔데? 얘기해 봐.'

나는 하품을 하며 말했다. 그 뒤 수아의 말이 이어졌지만, 나
도 모르는 영역에서 벌어지는 어떤 과학적인 이야기라 자장가
보다 더 달콤한 잠을 부르고 말았다. 나는 우주호 선생님의 과학
수업과도 같은 길고 긴 수아의 가설인지 뭔지를 들으며 점점 깊
은 잠에 빠져들었다.

어젠 충분히 혼낸 것 같아서 넘어갔지만,

한 번 더 이러면 어디 갈 때마다 연락하게 할 거야.

2번 규칙, 네가 평범하게 보여야 한대서 풀어 준 거 알지?

알아서 잘해.

식탁 위에는 언제나처럼 엄마의 손 편지와 아침 식사가 차려
져 있었다. 쪽지에 적힌 내용만으로도 엄마가 지금 나에 대해 어
떻게 생각하는지 느껴졌다. 오늘은 늦지 않게 와야 해. 비단 혼나
서만은 아니고, 나 역시 엄마에게 미안함이 들어서였다.

나는 평소에는 늦었다는 핑계로 잘 먹지 않던 아침 식사를
챙겨 먹기로 했다. 새벽에 출근하는 엄마가 아침 식사까지 차리
는 게 얼마나 큰 노고인지 모르는 건 아니지만, 대개 식사보다

잠이 더 고프다 보니 거르기 일쑤였다. 하지만 오늘은 왠지 아침을 먹고 가고 싶었다.

– 와!

'갑자기 왜 그러는데?'

– 굉장히 맛있는데, 이거.

'단순한 된장찌개야.'

– 아니야. 진짜로 맛있어. 인생 음식이다.

'처음 먹어 본 사람처럼 말하긴.'

수아의 호들갑에 잠시 내 몸을 조종하도록 놔두었다. 수아는 먹방이라도 찍듯 감탄하며 된장찌개를 입에 넣었다. 그 정도로 맛있나? 하긴 음식 만드는 게 직업인 엄마 솜씨야 주변에서도 늘 칭찬받지만 그래 봐야 된장찌개인데…. 애는 평소 뭘 먹고 다니길래 고작 된장찌개 따위에 이렇게 감동하는 거지?

– 평소 특이점 구역을 벗어날 수 없어서 식사는 알아서 하고 있어.

'넌 더 맛난 거 먹는 거 아냐?'

– 물론 맛있지. 근데 뭐랄까. 너희 엄마 음식은 좀 다르게 맛있어.

겉보기에는 언제나처럼 혼자 밥을 먹고 있지만 실제로는 수아와 얘기하며 먹느라 시간 가는 줄 몰랐다.

– 근데 너야말로 점심은 어떻게 해? 보아하니 엄마가 조리한

음식만 먹는 것 같던데.

'그게… 예전에 엄마가 조리사 협회 지부장이었거든. 그래서 이 근처 웬만한 조리사분들 다 아셔. 급식 먹기 전에 전화로 뭐 나왔나 직접 체크해서 먹어도 되는지 문자로 보내 주셔. 딸이 희귀병에 걸렸다고 그렇게 말하고 다녔으니 뭐. 이모님들도 잘 도와주시는 편이고.'

- 이야, 대단하시다. 나도 다양한 음식을 누가 미리 맛보고 맛있는지 맛없는지 알려 줬으면 좋겠다. 매번 같은 것만 먹으니 원.

수아는 아예 폐교에서 나오지 못하는 건가? 갑자기 그렇게 말하는 수아가 조금 측은해 보이기도 했다.

- 근데 너 안 늦었어?

시계를 보자 평소보다 15분이나 늦었다. 수다를 떠느라고 등교 시간을 놓치다니. 나는 먹던 밥그릇을 그대로 싱크대에 넣고 얼른 학교에 갈 채비를 했다.

우리는 셰어 하우스, 아니 셰어 바디를 하는 중이다.

사라지는 것도 모자라 생판 모르는 애와 섞여 버렸다. 그래서일까 매일 아침 학교로 향하는 길은 온갖 생각으로 가득 차 있지만 오늘은 그 정도가 더 심했다. 엄마가 진짜로 2번 규칙을 적용하면 어떡하지? 아무리 연구가 중요해도 그렇지, 수아는 왜 폐교를 벗어나지 못하는 걸까? 정원에 핀 꽃들은 왜 내가 학교 건물을 향해 달리기만 하면 반짝거리는 걸까? 태극 마크가 있지만, 정말로 수아는 나처럼 사라지는 걸까? 우리의 사라짐은 수아 말처럼 양자역학과 관련이 있는 걸까?

머릿속에 온갖 생각들이 차려져 있었지만, 정작 중요한 걸 까먹고 있었다. 공교롭게도 그것은 세은이와 연관이 있었다.

"오늘 무슨 날인지 알지?"

교실에 들어서자마자 세은이가 물었다. 그러자 당황한 건 오히려 내 쪽이었다. 세은이는 아무렇지 않게 평소처럼 행동하는데 나는 왠지 주눅이 들어서 무슨 말을 해야 할지 떠오르지 않아서였다.

"역시 잊고 있을 줄 알았다. 아님, 너 혹시 일부러 모르는 척하는 거야?"

"뭔데?"

"공구비."

세은이의 짧은 대답에 지금껏 내가 무엇을 놓치고 있었는지 전부 기억이 났다. 맞다, NBW 콘서트.

"나머진 언제 줄래? 점심시간까지 안 내면 너 대신 옆 반 수정이랑 갈 거니까 그리 알아."

"미안해, 그게…."

세은이의 최후통첩에 아무 말도 할 수 없었다. 아니 무슨 말을 해야 할지 아는데, 정작 그 말을 실행할 능력이 없어서였다. 멤버들의 얼굴을 또렷하게 볼 수 있는 R석이 18만 원, 아니 23만 원이라고 하는데 적지 않은 돈이다. 오늘 점심시간까지가 아니라, 내일, 모레, 심지어 콘서트 당일이 된다 한들, 이를 마련할 수 있을까? 다른 애들처럼 아르바이트라도 하면 좋으련만 나는 그럴 여건도 안 된다. 엄마에게 달라고 해도 애초에 엄마가 그렇게 멀리까지 가는 걸 허락할 리 없다. 그래도 공구비를 낸다고 한건 나였으니, 모두에게 피해가 가지 않도록 결단을 내려야 한다.

– 쟤가 네가 말한 세은이라는 애야?

수아가 말을 걸어 줘서 다행이었다. 그러지 않았다면 온몸이 마비된 것처럼 아무것도 못 하고 멀거니 서 있었을 것이다. 수아의 말에 무슨 이유인지 마음이 편안해졌다.

– 그러니까 이번에 NBW 콘서트 티켓을 같이 구매하기로 했는데 너만 돈이 없어서 못 냈다는 얘기지?

'응.'

이상하게도 세은이 앞에선 말하지 못하던 것을 내 안의 비밀 친구에겐 전부 털어놓고 있었다.

– 어떤 심정인지는 알겠다만 그래도 지금은 네가 결정을 내려 주는 게 쟤한테도 좋을 것 같은데?

'그걸 모르는 건 아닌데, 막상 포기하려고 하니 입술이 안 떨

어져서.'

– 콘서트 날 갑자기 급한 약속이 잡혔다고 하면 어때?

"왜 아무 말이 없어?"

세은이가 나를 채근했다. 수아와 대화하느라 아무 말 없었으니 아마 자신을 무시한다고 생각했는지도 모른다. 나는 세은이가 더 기다리지 않도록 용기를 내 보기로 했다.

"그게… 미리 얘기하려고 했는데, 실은 그날 엄마가 어디 좀 가자고 하셔서 이번엔 좀 힘들 것 같아."

"하, 이제 와서?"

세은이의 얼굴이 찡그려졌다. 크게 실망한 탓일까, 지금까지한 번도 보지 못한 얼굴이었다.

"정말 미안해. 엄마가 꼭 같이 가야 한다고 해서."

"에휴, 됐다. 거짓말도 티 안 나게 좀 하든가."

"진짜야. 진짜로 엄마랑 약속이…."

"약속은 무슨. 돈 없으면 진작 못 간다고 하지 그랬어. 괜히너 기다려 주다 애꿎은 시간만 날렸잖아!"

세은이의 투덜거림에 쥐구멍에라도 들어가고 싶은 심정이었다. 그 말이 맞았다. 미리 얘기해 줬어야 했다. 하지만 지금까지붙잡고 있던 건 티켓 살 돈이 없어도 있는 척하는 허세 때문이아니었다. 콘서트에 가지 못한다고 말하는 순간 오래전부터 바라 오던 내 꿈이 무너질 것 같아서였다.

"콘서트 가는 게 소원이라고 설레발칠 때부터 알아봤어야 했는데…."

나는 무슨 죄라도 지은 것처럼 고개를 푹 숙였다. 그렇게라도 하지 않으면 내가 좋아하는 친구 앞에서 눈물이 뚝뚝 떨어질 것 같아서였다. 여기서 울어 버리면 세은이는 정말로 내가 콘서트 티켓값이 없어서 못 간다고 생각할 것이고, 다른 아이들도 이런 나하고는 더는 상대하려고 하지 않을 것이다.

뭔가 헷갈리기 시작했다.

지난 일은 단순한 실수라고 생각했다. 존경하고 사랑하는 사람끼리도 한두 번쯤 험담할 수 있으니까. 하지만 세은이는 정말로 나를 성가시지만 어쩔 수 없이 챙겨야 하는 존재로 여겼던 것 같다. 그저 아쉬워하며 '그럼 어쩔 수 없지 뭐. 다음에 같이 가자'라고만 말하면 얼마나 좋을까? 이런 말을 듣길 바라는 건 내 욕심일까?

세은이는 오랜만에 만난 유형의 친구다. 학기 초부터 쭉 함께한 친구.

엄마의 직장 때문에 학기 중간에 전학을 오면 반의 분위기를 파악하다가 끝나는 게 다반사였다. 겨우 분위기를 파악했는데 학년이 끝나거나 다시 전학 가기도 했다. 그러다 보니 눈치를 보는 일이 많아져 내가 먼저 접근하기도 쉽지 않았다.

운이 좋아서 어찌어찌 친구를 사귀어도 전학 가고 나면 연락이 끊겼다. 물론 나도 적극적으로 연락하지 않았다. 연락이 닿은들 엄마의 규칙 때문에 어차피 만날 수도 없으니까. 눈에서 멀어지면 마음에서도 멀어진다는 말은 적어도 내겐 맞는 말이었다.

그러나 이번에는 다르다고 생각했다. 친구들과 같이 시작하는 새 학기였고 엄마도 이번엔 큰 공사장을 지원하는 거라 당분간 옮길 일이 없다고 했다. 그런 내게 세은이가 먼저 손을 내밀었다. 세은이는 NBW 오빠들이 준 선물과도 같았다. 적어도 얼마 전까지는 그랬다.

어쩌면 이 모든 게 나의 착각이었을지도 모른다. 하룻밤의 꿈처럼. 한때 내가 이 반복되는 사라짐의 굴레에서 벗어날 수 있다고 생각한 것처럼.

"어차피 너도 엄마 등골 빼먹는 거 아니야?"

"뭐? 지금 뭐라고 했어? 이현이, 너 지금 말 다 했어?"

"이럴 거면 NBW 좋아하는 거 혼자서 하련다. 난 더는 울 엄마 등골 못 빼먹겠거든. 그리고 네가 뒤에서 내 욕이나 하는데 뭐 하러 너랑 같이 가냐?"

"진짜 말 다했지? 내가 언제 그랬다고?"

"언젠지 알려 줘? 너 이어폰 두고 간 날. 그거 갖다주려다 네가 엄마한테 얘기하는 거 다 들었거든? 나랑 별로 친한 것도 아니고, 단지 나 왕따 되면 반장인 네가 피곤해질 수도 있으니까 붙어 다녔다며."

현이의 몸 - 우리는 영원할 수 있을까?

세은이는 뭐라 반박하려다 마침 수업 시작을 알리는 종이 울리는 바람에 씩씩거리며 제자리로 돌아갔다.

'너 미쳤어? 돌았냐고!'

나는 자리에 앉자마자 수아에게 버럭 소리를 질렀다. 물론 겉으로 나온 소리는 아니다. 그래도 잘못은 수아에게 있었다. 먼저 규칙을 정하자고 하고는 수아가 먼저 규칙을 어겼다. 게다가 지금은 내 모습이므로 겉으로 봤을 땐 모두 내가 저지른 일로밖에 보이지 않는다.

'내가 알아서 할 일인데 왜 멋대로 나서? 지금은 내 모습인 거 잊었어?'

 - 주제넘은 거 알아. 그래도 네 말 듣고 네 행동을 보니 저 애
   앞에서 한 번은 강하게 얘기해 줘야 할 것 같았어. 그래야
   쟤도 네 마음을 알 것 아니야. 넌 그런 생각도 안 들어?

'모르면서 함부로 말하지 마.'

 - 그래, 나도 좀 들어 보자. 대체 왜 쟤한테 질질 끌려다니는
   건데?

'그건…'

 - 너 콘서트 갈 돈도 없잖아. 창피해서? 자존심 때문에? 나도
   지금 내가 잘했다고 생각하진 않아. 그렇지만 난 네가 사라
   짐을 대하는 태도를 보면서 이리저리 흔들리지 않는, 심지
   가 굳은 애라고 생각했어. 근데 넌 지금 뿌리째 흔들리다

못해 아예 뽑히려 하고 있잖아.

수아의 말이 맞았다. 그래서 더는 대화를 이어 갈 수 없었다. 감정이 북받치거나 말문이 막혔다기보다는 뭔가 울컥하는 느낌이 들어서였다. 갑작스러운 이 느낌. 나는 이 느낌이 뭔지 안다.

손목을 살펴보자 태극 마크가 점점 사라지고 있었다. 다행히 첫 시간은 우주호 선생님의 시간이어서 나는 선생님에게 조퇴한다고 말하고는 서둘러 교실을 빠져나왔다. 세은이가 그런 나를 호기심 어린 눈으로 싸늘하게 쳐다보자 느낌은 더욱 강해졌다.

왠지 몰라도 서둘러 우수초등학교에 가야 한다고 생각했다. 불행 중 다행인지 교문 앞에 지각생이 타고 온 듯한 택시가 서 있었다. 나는 택시를 잡아타고 우수리로 향했다. 의지만으로 모든 걸 버텨 내는 중이었다. 오한이 나서 온몸을 부르르 떨자, 기사 아저씨가 병원으로 가야 하는 것 아니냐고 되물었지만, 나는 우수리를 고집했다. 어떻게 해서든 그리로 가야 했다.

눈을 감았다. 내 눈앞의 숫자는 2.

아직 하고 싶은 게 너무 많은데.

2가 1이 되고 그 1마저 사라지면 나는 영원히 사라지는 걸까?

하고 싶은 일은 모두 놓아 둔 채로.

진심으로 그렇게 되길 바라진 않지만, 만일 그리된다면, 언젠가 1이 0이 되어 내가 이 세상에서 완전히 사라지게 되면, 엄마 말고 다른 누군가도 날 기억해 줬으면 좋겠다.

물론 내 욕심이다. 중학교를 졸업하고, 고등학교를 졸업하고, 대학교에 가서 다양한 친구를 만나는 일은 말도 안 되는 소리니까. 그래서 난 세은이에게 더 집착했는지도 모른다. 시간은 날 기다려 주지 않으니까.

엄마가 그러는데 사람은 과거를 좋게 포장하는 경향이 있다고 한다. 그 말이 옳다면, 세은이는 내가 완전히 사라지고 나서 지금보다 날 더 애틋하게 생각할지도 모른다. 그때 잘해 줄 걸 그랬다며. 그래도 석 달 정도는 베스트 프렌드였으니까.

이래저래 난 욕심이 많은 것 같다.

눈을 뜨자 특이점의 정원에 반듯하게 누워 있었다. 조팝나무 꽃이 흐드러지게 피어 있는 사이로 살짝 수아의 얼굴이 보였다. 여기선 둘이 같이 있을 수 있구나. 근데 사라졌던 게 아니었나? 사라졌다가 다시 돌아온 건가?

줄어들지 않았어.

나의 사라짐 카운트. 눈을 감아야만 볼 수 있는, 나만 볼 수 있는 숫자는 아직 2에서 멈춰 있었다. 2가 1이 되지 않은 걸 확인하자, 저번 쪽지 시험에서 100점을 맞았을 때보다 더 기뻤다. 하지만 수아가 갑자기 얼굴을 들이미는 바람에 기쁨을 만끽할 시간은 주어지지 않았다.

"운이 좋았어."

수아가 심각한 얼굴로 말했다. 수아 말이 맞았다. 첫 시간이 내 편의를 봐주는 담임 선생님의 과학 시간이었고, 학교에서 바로 택시도 탈 수 있었으니까. 그 대신에 완전히 빈털터리가 되었지만.

"그래도 잘했다. 그 상황에 여기 올 생각을 하다니."

"…"

"아까 일은 미안했어. 내가 너무 주제넘었다. 네 몸의 운전자는 너였으니까."

"…"

"아직도 삐졌냐? 대체 어떡하면 풀어질래?"

"아까 화났던 건 사실이지만, 지금은 풀렸어."

거짓말이 아니라 정말로 수아에게 화가 나 있거나 삐진 건 아니었다. 다만 뭔가 마음이 복잡했다. 세은이가 하자는 걸 들어주면서 관계를 유지하려던 나의 계획은 수아가 멋대로 끼어들며 틀어지고 말았다. 그런데 한편으로는 사이다를 마신 것처럼 시원했다. 나는 세은이와 앞으로 어떻게 지내기를 바라는 걸까?

"그냥 이해가 안 되더라고. 무슨 약점이라도 잡힌 것처럼 왜 그 애한테 쩔쩔매는지…. 난 이해가 안 되는 건 못 참는 성미라."

"영원히 사라지더라도 세은이는 날 기억해 줄 것 같았거든."

"그게 무슨 말이야? 네가 왜 영원히 사라져?"

"넌 그렇게 생각 안 해? 너도 사라지잖아."

"그야, 사라졌다가 돌아오니까."

"그 사라졌다가 돌아오는 게 영원한지는 모르잖아."

"쓸데없는 걱정이네."

"무슨 근거로?"

"자기 전에 설명해 줬는데 대충 들었구먼. 기억나? 우리의 사라짐이 양자역학하고 관련이 있는 것 같다고."

"몰라. 그런 거."

또, 시작이다. 하지만 이번에 수아는 자신의 이론을 꼭 관철시키려는지 제 손목부터 내밀었다.

"보이지, 이거?"

"태극 마크가 양자역학이랑 무슨 상관인데?"

"이건 일종의 양자역학 상태 창이야. 태극의 동그라미는 입자, 가운데 물결은 파동을 뜻해. 사라졌다가 나타나면 그다음부터 다시 태극 마크의 원이 사라지기 시작했지?"

"응."

나는 가만히 내 손목의 태극 마크가 사라지는 과정을 떠올렸다. 수아의 말대로 내가 사라졌다 나타나면 태극 마크의 원이 서서히 흐려지기 시작했다.

"그건 네가 입자가 되면 나는 파동이 되고, 거꾸로 내가 입자가 되면 너는 파동이 되어서야. 파동이 되는 사람이 사라지는 거지. 우린 이걸 서로 번갈아 가며 겪고 있어. 너는 폐교 밖에서 나는 안에서. 그래서 지금까지 서로 볼 수 없었어. 네가 여기로 찾아오지 않는 한."

"그런데 여긴 양자적 특이점이어서 둘이 같이 있을 수 있어. 저 폐교 건물이 자연적인 이중슬릿 역할을 하고 있거든. 이중슬릿이 뭐냐면…."

"벽에 작은 틈을 뚫고 그리로 통과한 빛의 상태를 관찰했는데 빛이 입자라면 스크린에 점들이 찍히고, 빛이 파동이라면 무늬가 나타난다는 장치잖아."

"오, 어떻게 알았어? 너 과학에 소질이 있는 거 아냐?"

"엊그제 수업에서 들었어."

사실이다. 우주호 선생님의 시간엔 되도록 졸지 않고 열심히 들으려 하니까. 그게 내가 선생님의 친절에 보답하는 길이기도 하고.

"그날 네가 운동장에서 달리자, 무슨 이유인지 몰라도 폐교 건물이 이중슬릿 기능을 하면서 건물 뒤가 양자적 특이점이 되었어. 아무튼 여기는 양자역학의 세계라 둘의 모습으로 있을 수 있지만, 교문을 나서는 순간 뭔가의 '관측'으로 하나로 정해져 버려. 양자역학에 따르면 중첩되어 있는 입자와 파동은 관측하는 순간, 둘 중 하나로 정해지거든. 그리고 파동방정식을 계산해 본 결과, 이런 상태가 쭉 지속될 전망이고."

"그냥 이런 상태가 계속될 것 같다고 얘기하면 되잖아?"

"미안. 또 안 좋은 버릇 나오네. 근거를 제시하지 않으면 거짓을 말하는 기분이라서 말이야. 결론부터 말하는 게 익숙하지가 않아."

"좋아. 네 말대로 이게 다 양자역학 때문이라 쳐. 이 태극 마크는 예전에 여기서 열린 운동회 때 찍어 준 거야. 그럼 태극 마크는 다른 애들도 받았을 텐데 왜 너하고 나만 사라져? 그리고 밖에 나가면 겉모습은 그렇다 쳐도 속마음은 왜 섞여 있는 거야?"

내 추가 질문에 수아가 움찔하더니 갑자기 조용해졌다. 의욕에 불타던 방금과는 온도 차가 너무 심해서 다시 말을 붙이기가 미안해질 정도였다.

"너 말이야…."

"응."

"내 이론의 허점을 정확히 짚어 버렸네. 진짜로 과학에 소질이 있는 게 틀림없어."

"할말 다 했으면 가자."

과학에 소질이 있다고? 우주호 선생님에게 보답하려고 열심히 공부하는 건 맞지만, 수아가 분명 나 듣기 좋으라고 하는 말이다. 어쩌면 황당한 이론을 먼저 저질러 버린 게 민망해서 그러는지도 모른다.

우리의 사라짐이 수아 말대로 정말 양자역학과 관련 있는 걸까? 모르겠다. 다만 하나 확실한 점은 수아에겐 어려운 걸 쉽게 설명하는 재주가 있다는 점이다. 과학의 매력이 이런 걸까? 그 어떤 황당한 사실도 말이 되게 설명할 수 있는 것.

폐교에서 두 번이나 전력 질주한 이유는 수아의 확신을 믿어 보기로 했기 때문이다. 교문을 나서는 순간, 우리의 겉모습은 둘 중 한 사람의 몸으로 정해지는데 그 기준은 태극 마크의 원이 조금이라도 진하게 남아 있는 사람이라고 했다.

이는 폐교 뒤편을 향해 달리면 몸을 바꿀 수 있다는 뜻이다. 동그라미는 폐교에서 나올 때부터 옅어지기 시작하니까. 내가 수아 말대로 행동하자, 마치 수학 공식에 대입이라도 한 듯, 수아의 이론은 틀림없는 결과를 보여 주었다.

그렇게 수아인 채로 나온 나는 다시 폐교로 들어가 내 몸으로 우리 모습을 되돌렸다. 집에 가려면 내 몸으로 바꿔야 하기 때문이다. 몸을 바꾸는 데 오랜 시간이 걸리는 건 아니지만, 할 일을 다 마쳤는데도 바로 집으로 향하진 않았다. 집에 최대한 늦게 들어가려는 데에는 생각보다 여러 이유가 얽혀 있다. 수아는 이런 내 상황을 두고 중첩 상태라는, 또 자기만 알아듣는 말로 불렀다.

집에 돌아오자 벌써 10시가 넘어 있었다. 엄마는 거실 바닥에 누운 채로 잠들어 있었다. 살금살금 방으로 들어가다 삐거덕거리는 문소리가 그만 엄마의 잠을 깨우고 말았다.

"왜 늦었어?"

"보강."

"요즘 뭐 하고 다니는지 모르겠지만, 그게 보강은 아닌 거 같은데?"

"무슨 말이야?"

"오늘 반장네 엄마한테 전화 왔었다."

나는 저번에 본 정장 입은 아줌마를 기억해 냈다.

"세은이가 콘서트 공구비인지 뭔지 걷었는데 넌 조금만 냈다며. 세은이 엄마가 네 돈 다시 돌려주라고 했다더라. 그러면서 자기네 딸이 강제로 몰아붙인 거 같아 미안하다던데?"

"걔는 그런 걸 왜 지 엄마한테까지 말하고 그래."

"지금 그게 중요한 게 아니잖아."

"뭐가?"

엄마는 살짝 몸을 일으키더니 쪽지 하나를 내밀었다. 그것은 내가 공부하기 싫어 끄적거린 것 중 하나였다. 진작 구겨서 버려야 했었는데, 깜빡 잊고 서랍 구석에 놓아 두었었다.

〈1학기 계획〉
세은이와 불닭면 먹기, 세은이와 놀이공원 가기, 세은이와 롤러코스터 타고 스크림 챌린지하기, 세은이와 노래방 가서 NBW 전곡 부르기, 세은이와 만화방 가기, 세은이와 영화관 가기, 세은이와 콘서트 가기….

"너 이거 정말로 다 할 작정이야? 콘서트도 모자라서 뭐? 불닭면을 먹고, 롤러코스터를 탄다고? 그러다 밖에서 사라지기라도 하면 어쩌려고 그래? 지금 네가 하려는 행동이 얼마나 위험한 건지 알기나 해?"

"왜 남의 방은 함부로 뒤지고 그래!"

난 대답 대신 엄마에게서 쪽지를 낚아채 휴지통에 구겨 버렸다. 사실 화가 났다기보다 부끄러워서였다. 하찮은 일들을 그토록 간절히 원하는 것처럼 적은 데다, 온통 세은이의 이름이 적혀 있으니까. 하지만 엄마는 내가 하고 싶은 일을 누구랑 할지보다 하고 싶은 일이 있다는 것 자체를 위험으로 여기는 것 같았다. 하긴 저 중에서 엄마의 규칙을 어기지 않는 것은 단 한 개도 없으니.

"얘 봐라. 진짜로 다 할 생각이었나 보네?"

"응. 다 할 작정이었어. 그게 뭐 잘못됐어?"

"엄마가 생존 규칙을 왜 정했겠어? 다 널 위해서잖아. 엄마는 뭐 이렇게 하는 게 안 힘든 줄 알아? 그런데 그렇게라도 해야…."

"그럼 엄마도 그만해. 나도 내가 하고 싶은 대로 할 거니까."

"누가 엄마한테 그렇게 말하래?"

"그러니까 놔둬 좀! 나 좀 놔두라고. 나 하고 싶은 대로 하겠다고."

"요즘 귀가도 늦더니만 헛바람이 제대로 들었네. 안 되겠다. 당분간 집하고 학교만 다녀. 도서관이건 보강이건 금지야. 담임 선생님한텐 얘기해 놓을 테니까."

"맨날 집, 학교, 집, 학교! 어차피 원래부터 그랬어!"

난 내 방문을 쾅하고 닫았다. 잠그지 않은 이유는 문 잠그는 소리가 엄마의 화를 더 돋울 것 같아서였다. 그래도 혼자 있고 싶었다. 사라지지 않더라도 사라진 것처럼 행동하고 싶었다.

다행히 엄마는 내 방까지 들어와 얘기하지는 않았다. 더 얘기하기보다는 행동으로 보이는 게 낫다고 생각해서일 것이다. 내일부터 생존 규칙이 강화되겠지. 하지만 엄마가 화가 난 만큼 나역시도 강제로 비밀이 폭로된 것 같아 기분이 좋지만은 않았다.

왜 다들 나만 갖고 그래.

책상에 엎드렸다. 서러운 마음이 들었지만, 눈물이 나오진 않았다. 그런 감정은 이미 오전에 세은이로부터 다 겪어서인지도 모른다. 엄마도 늘 이런 식이었으니까.

숫자 2가 보였다.

수아와 몸이 섞인 다음부터 숫자가 줄어들지 않지만, 어쨌든 난 운명을 피할 수 없을 것이다. 사라질 운명. 한때는 사라짐과 죽음이 다르다고 생각했지만, 결국엔 같은 말이다. 모든 일이 꼬여 버린 이유는 그 적은 숫자가 나를 닦달한 탓일까?

－ 고작 엄마가 메모 봤다고 그러는 거야?

수아가 말을 걸어도 대답하기 싫었다. 수아에게 토라진 게 아닌데도. 그래도 대답은 해 줘야 할 것 같아 볼멘소리로 말했다.

'아니야.'

－ 그런데 왜 그러고 있어?

'…'

－ 그냥 친구랑 놀고 싶다고 적은 것 같은데, 엄마가 막아서면 몰래 해 버려. 이렇게 말하니 내가 꼭 악마 같다만.

'됐어. 그런 거 해서 뭐 해. 그냥 엄마 말만 듣다가 조용히 사라져 버릴래.'

－ 너도 참 고집불통이다. 아까 그렇게 설명해 줬는데도 또 이러네. 우리가 사라지는 건 일반적인 죽음하고 달라. 사라짐은 죽음이 아니거든. 우리는 서로 입자와 파동의 관계이고, 세상은 그렇게 네가 나타나면 내가 사라지는 방향으로

중심을 잡고 있어. 게다가 이젠 특이점의 정원에 가면 몸을 바꿀 수도 있으니 괜찮지 않나? 우린 쭉 이렇게 잘 지낼 거야. 양자역학이 사라지지 않는 한.

'양자역학, 양자역학. 자꾸 이상한 소리 좀 하지 마. 차라리 저주라고 해. 너도 사라진댔지? 우리는 저주를 받은 게 틀림없어. 아무리 발버둥 쳐도 끝을 피하진 못할 거야. 나는 친구 하나 없이 그렇게 잊힐 거고. 너도 폐교로 돌아가서 쓸쓸히 지내겠지. 결국 우리 둘 다 운명을 피할 수 없어. 사라질 운명.'

– 말이 좀 심하다.

나도 한때는 사라짐과 죽음이 다르다고 생각했다. 하지만 물이 얼음이 되었다고 물이 아닌 건 아니듯, 본질은 같다. 이번에 아닐지라도 결국 난 이 숫자가 다하면 영원히 사라질 거라 확신했다. 그것은 죽음이다. 그래서 욕심내지 않을 것이다. 괜히 초조해져 욕심부리다 하나뿐인 친구하고도 멀어졌다. 받아들이기 힘들지만, 엄마가 정해 준 생존 규칙만 지키다가 정해진 끝을 맞이하는 게 나을 것 같다. 어차피 나에겐 정해진 운명이 있으니까.

– 애 봐라. 완전히 다운됐네.

하지만 수아는 뭔가 동의할 수 없다는 말투였다. 마치 같은 수학 문제에 대해 훨씬 간단한 해법을 찾아낸 것처럼 말이다. 그렇지만 난 천재 소녀 수아의 풀이법을 인정하고 싶지 않았다.

– 그럼 그거 나하고 같이해.

'뭘?'

– 네가 하고 싶은 것들.

'됐어. 조금 지나면 괜찮아질 거야.'

– 아니야. 네 문제점은 의외로 풀이가 쉬워. 넌 지금 환기가
필요해. 바깥 공기 쐬다 보면 생각도 정리되고 좀 나을걸?

'괜히 너까지 끌어들이고 싶지 않아. 넌 공부할 것도 많고, 폐
교로 돌아가서 특이점인지 뭔지도 연구해야 하잖아. 게다가 난
지금 네 연구 결과에 무임승차하는 중이니까.'

– 대신 네 몸을 빌려 쓰고 있으니 쌤쌤이지. 너 그렇게 찌그
러져 있으면 완전히 사라지기 전에 화병으로 먼저 죽을 거
같다. 그럼 나도 손해야. 안 그래?

'찌그러진 적 없어.'

– 꼴에 지긴 싫어 가지고. 너 지금 누가 봐도 완전 찌그러졌
거든? 자꾸 영원히 사라지네, 그래서 일상을 의미 있게 보
내야 하네 하니까 그렇지. 뭔가에 대해 특별하게 생각할수
록 그게 좌절되면 실망이 큰 법이야. 잘 들어. 네 일상은 남
들과 다르지 않아. 대단한 일이 아니라고. 그냥 하고 싶은
게 있으면 해 버리면 되지 뭘 망설여? 어차피 너희 엄마는
네가 병에 걸렸다고 생각하셔서 규칙으로 통제하는 건데,
사라짐은 질병이 아니라 과학인 게 밝혀진 이상, 아무 일
없을걸? 안 그래?

나는 수아의 말에 대꾸할 수 없었다. 수아의 생각대로 양자역학이 우리의 사라짐을 유지해 줄지 아니면 내 생각대로 영원히 사라져 버릴지는 알 수 없지만, 뭐가 되었든 엄마의 규칙을 지킬 필요는 없어 보이니까.

'어차피 내일은 학교 쉰다고 했으니까. 생각해 볼게.'

– 좋아. 뭐부터 할진 네가 정해. 그래도 같은 음반을 열 장 사는 짓은 안 할 거야.

'열한 장이야.'

수아가 놀리듯 말했지만, 기분이 나쁘진 않았다. 오히려 괴롭던 마음을 조금 풀어 준 덕택에 뭐라도 해 주고 싶다는 생각이 들었다. 출출한 데 야식이라도 대접할까. 엄마도 너무 자극적이지만 않으면 일주일에 라면 한 봉 정도는 괜찮다고 했으니까.

엄마는 안방에 들어가 깊은 잠에 빠져 있었다. 라면 한 그릇을 뚝딱 비운 나는 혹여 엄마를 또 깨울까 봐 조심스레 먹은 그릇을 설거지하곤 거실의 소파 위로 몸을 던졌다. 오랜만에 느끼는 자유로움이었다.

– 네 덕분에 잘 먹었다.

'그러게, 나도 숨차다. 배불러서.'

– 근데 말이야. 너 세은이하고 그 많은 걸 다 할 참이었어?

'그건 왜?'

－ 그야, 마음의 준비라도 할까 해서.

'그럴 생각은 없었어.'

－ 실은 말이야. 나도 네가 조금 유난 떤다고 생각했는데 다시
생각해 보니 왜 그랬는지 알 것도 같아. 네가 세은이란 애
한테 끌려다닌 것도, 엄마 몰래 하고 싶은 일들을 정리한
것도.

'왜 그랬다고 생각하는데?'

－ 기억 때문이야. 그치?

이에 대해선 말한 적도 없는데 내 마음을 완벽하게 들켜서
당황스럽기도 하고 쑥스럽기도 했다.

－ 사람은 누구나 이 세상에 온 이상 뭔가를 남기고 싶어 해.
하지만 우리처럼 갑자기 사라지면 그러기가 쉽지 않지. 그
런 의미에서 기억은 참 편리한 도구야. 누군가와 뭔가를 함
께 하면 내가 사라지더라도 같이 했던 좋은 경험은 다른
누군가에게도 남으니까.

나는 대답하지 않았다. 이미 수아가 내가 할 말까지 다 해 버
렸기 때문이다.

－ 자, 이제 뭘 가장 하고 싶었는지나 들어 보자. 얼른 그것부
터 해치우게.

'들으면 실망할 텐데.'

－ 그러니까 뭐냐고.

'놀이공원 가서 롤러코스터 타기.'

- 그래?

'엄마하고는 절대 이룰 수 없는 일인데다, 남들과 비교했을 때 그나마 대단하다고 부를 수 있는 일이니까.'

그 시작은 NBW가 시작한 스크림 챌린지였다.

작년에 놀이공원에 세계 최대 속도와 회전 반경을 자랑하는 롤러코스터 '코펜하겐 익스프레스'가 들어온 후, 사람들은 이를 탑승한 인증 영상을 유튜브에 올리기 시작했다. NBW 오빠들도 마찬가지였는데 오빠들이 코펜하겐 익스프레스에 탄 채 누가 끝까지 소리 안 지르고 오래 버티는지를 내기하는 동영상이 올라오자 폭발적인 조회 수와 함께 이를 따라 하는 사람들이 늘어났다. 세은이와 처음 얘기했던 주제도 이 스크림 챌린지 동영상에 관한 것이었다. 여름 방학 때 같이 해 보기로 약속했었다.

- 다음은?

'불닭면 먹기.'

- 뜬금없이?

'얼마나 매운지 확인해 보고 싶어서.'

- 고작 그런 것들이었어? 더 대단한 걸 하자고 할 것 같아서 살짝 쫄았는데. 다른 건?

'아직은 딱히.'

- 좋아. 소원 접수됐어. 언제 할지는 적당한 때를 보고 알려

줄게.

'당장 내일 하자. 바로.'

- 응?

'쇠뿔도 단김에 빼라잖아.'

- 정말? 괜찮겠어? 그래도 엄마 눈치도 봐야 하고, 또….

'말 나온 김에 시작하지 뭐. 뭉그적거리면 또 언제 할지 몰라.'

- 그래, 알았다.

수아가 체념한 듯한 목소리로 말했다. 그렇지만 그런 수아와는 별개로 난 속으로 쾌재를 불렀다. 참으로 오랜만에 엄마가 아닌 누군가와 나의 생활을, 기억을 공유할 기회가 생겼으니까. 이럴 때 쓰려고 예전부터 무슨 일이 있어도 안 쓰고 모아 둔 비상금도 있고 말이다.

수아의 몸 - 불닭면과 롤러코스터

이른 아침 아파트 현관문을 나선 나는 마치 도둑질을 하러 가는 사람처럼 주위를 두리번거렸다. 너무 충동적인 결정이었나? 학교엔 늘 그랬듯 몸이 안 좋다고 둘러댔고, 엄마는 내가 결석한 사실을 모르니까, 우주호 선생님이 엄마에게 전화하는 순간 모든 게 들통나 버릴 것이다. 그래도 조금이나마 엄마의 눈을 속이려고 교복을 침대 위에 펴 놓은 채 나오긴 했다. 마치 사라진 것처럼 보이기 위해서다.

읍내에 있는 버스 정류장으로 향하기 전에 나는 수아에게 우수초등학교부터 들르자고 했다. 아직 불안한 마음이 가시지 않아서였다. 아무래도 수아의 겉모습이면 혹여 누가 보더라도 안심이 되니까.

폐교 안에 들어온 나는 학교 뒤편을 향해 달리기 시작했고,

폐교의 건물이 이중슬릿 기능을 하며 내 몸은 나와 수아, 두 사람의 몸으로 나뉘더니, 그 상태에서 다시 밖으로 나오자 수아의 모습이 되었다.

수아가 즐겨 입는 흰 가운 대신 미리 챙겨서 교문 앞에 놓아둔 내 옷으로 갈아입었다. 조금 짧은 듯해도 그럭저럭 잘 맞았다. 무슨 스파이라도 된 기분. 우리는 그렇게 특별한 익숙함을 만끽했다. 속으로 말을 하는 것도, 모습을 바꾸는 것도, 상대가 원하면 내가 하려던 행동을 잠시 양보하는 것도. 아직 생리 현상을 공유하는 게 서투르긴 해도, 우리는 한 몸 두 마음에 빠르게 적응하고 있었다.

시내버스에 부리나케 올랐다. 긴장해서라기보다는 버스를 놓치면 긴 배차 간격 탓에 30분이나 더 기다려야 하기 때문이다.

"하마터면 놓칠 뻔했다. 그래도 네 몸 덕분에 살았어."

자리에 앉아 가슴을 쓸어내리는데 옆에 앉은 꼬마가 이상한 눈으로 쳐다보았다. 순간 겉으로 말이 나오고 말았다.

– 괜찮아. 자연스러웠어.

'가끔 속으로 말할지 겉으로 말할지 헷갈리네. 꼬마였으니 망정이지 옆에 어른이라도 있었어 봐.'

– 그럼, 뭐. 약간 이상한 애인 줄 알겠지. 생각보다 주위 사람들은 우리에게 관심을 갖지 않아.

수아의 말에 안심한 것도 잠시, 버스가 급정거하는 바람에 몸이 앞으로 크게 쏠렸다. 무슨 일인지 버스 창문을 열고 보니 읍내로 가는 삼거리에서 앞에 가던 차가 사고가 나는 바람에 길에 차가 잔뜩 밀려 있었다. 경찰차와 견인차가 오고 가는 거로 보아 쉽게 수습될 것 같지 않았다. 나는 엄마가 가끔 듣는 90년대 히트곡의 가사, '왜 슬픈 예감은 틀린 적이 없나'를 흥얼거렸다. 몰래 나쁜 짓을 하는 것에 대한 벌로 느껴졌다.

'어쩌지, 집으로 돌아가야 하나?'

- 여기서 내려도 찻길이라 돌아갈 수 없어. 그냥 가야지.

놀이공원에 가려면 시내버스를 타고 읍내에 있는 터미널에 간 다음 거기서 다시 시외버스를 타야 한다. 게다가 놀이공원으로 가는 버스는 하루에 3번, 그것도 오전에만 운행한다. 결국 어찌어찌 터미널에 도착은 했지만, 우리가 타려던 놀이공원행 시외버스는 이미 30분 전에 떠난 뒤였고, 다음 버스를 타려면 무려 2시간이나 기다려야 했다.

'오긴 왔는데, 이제 뭐 하지?'

- 일단 배부터 채우자.

'안 먹어도 되는데.'

- 난 먹어야 해. 지금은 배고픔에 민감하게 반응하는 내 몸이란 걸 잊지 마셔.

'그래서 뭐 먹으려고?'

- 알면서 뭘 물어?

사실 불닭면은 배짱을 부리는 것에 지나지 않았다. 다른 친구들도 먹으니 나도 먹을 수 있다는 허세 같은 것이지만, 실제로 나는 그것을 먹을 수 없고, 앞으로도 먹을 일은 없을 것이다. 엄마가 조리하거나 확인한 음식도 아닌 데다 그런 자극적인 음식을 엄마가 허락할 리도 없다.

다만 평소와 다른 점은 지금은 수아의 몸이고, 몸을 움직이는 사람이 수아라는 점이다. 수아의 다리는 이미 터미널 앞 편의점으로 향하고 있어서 내겐 선택지가 없었다.

'진짜 먹으려고?'

- 꼭 먹어 보고 싶다며.

'농담이었어.'

- 농담 아닌 거 알아.

'이거 네 몸인데 괜찮겠어? 속이 빈 상태로 매운 걸 들이붓다가 탈이라도 나면 어쩌려고 그래.'

- 그럼 우유도 같이 사지 뭐.

수아는 하필이면 불닭면 중에서도 가장 맵다는 '대마왕 불닭면'과 딸기 과즙 농축액이 0.1% 들었다는 '딸기 100% 우유' 한 팩을 골라 계산했다. 그러고는 포장을 뜯어 뜨거운 물부터 부으려는데, 나는 그런 수아의 행동에 제동을 걸었다.

- 일반 컵라면처럼 조리하면 안 돼!

우리는 하마터면 맵고 물이 많은 '불닭탕면'을 먹을 뻔했다. 나는 용기 옆면에 깨알같이 적힌 조리법을 읽었다. 엄마가 그러는데 라면을 끓일 때 용기나 포장에 적힌 조리 방법대로만 해도 중간은 간다고 했다. 기왕 먹는 거 생산자가 의도한 대로 먹는 게 낫지 않을까?

〈대마왕 불닭면을 왕 맛있게 먹는 방법〉

1. 용기 뚜껑을 열고 액상 수프를 꺼낸 후 끓는 물을 용기 안쪽 선까지 붓고 4분간 기다려 주세요.

2. 4분 후 뚜껑을 열어 젓가락으로 잘 저은 다음 물을 따라 버리세요.

3. 액상 수프를 넣고 비벼 주세요.

4. 나트륨 섭취 조절을 위해 기호나 건강에 따라 수프 양을 조절하세요.

5. 조리 시 뜨거운 물을 사용하므로 안전에 유의하세요.

- 넌 규칙을 참 잘 읽는구나. 근데 무슨 음식이 2만 스코빌이나 하냐?

'스코빌?'

- 고추에 포함된 캡사이신의 농도를 계량화하여 표시한 거야. 일반적으로 청양고추가 4천 정도니까 이건 청양고추보다 5배는 매운 거라고.

- 그렇지? 지금이라도 그만둘까?

– 에이, 그래도 뭐 혓바닥 벗겨지기밖에 더 하겠어? 아침도
  굶어서 배고프다.

그렇게 말한 수아는 편의점 앞 취식대에서 대마왕 불닭면이
익기만을 기다렸다.

내 별명은 매혐이다.

학교에서만 불리는 별명으로 매운 걸 못 먹는 사람을 비하하
는 '맵찔이'와 내 이름이 합쳐진 말이다. 매운 것을 혐오한다는
뜻도 있다.

시작은 전학 오고 사흘이 지나서였다. 환경 미화가 있어서 반
애들하고 늦게까지 교실을 꾸미고 집에 오는 길이었다. 다들 학
교 앞에서 뭐라도 먹고 가자고 했다. 담임 선생님이 수고했다며
가는 길에 맛있는 거 사 먹으라고 반장인 세은이에게 5만원이나
줬기 때문이다. 분식점에 갈까, 편의점에 갈까 하다가 결국 맛있
는 걸 많이 먹을 수 있는 학교 앞 편의점에 가기로 입을 모았다.

편의점이 보이자 다들 털어 버릴 기세로 달려가더니 각자 원
하는 컵라면이며 음료수며 과자를 한가득 골랐다. 하지만 나는
생존 규칙 때문에 이러지도 저러지도 못하고 있었다.

재밌는 건 다들 불닭면을 골라 왔다는 점이다. 아무리 봐도
일반 컵라면에 캡사이신을 넣은 것뿐인데도 뭔가 대단한 일에
도전하는 양, 누가 더 빨리 먹을지를 내기하자며 떠들고 있었다.

그동안 내가 손에 쥔 건 흰 우유 한 팩이 전부였다.

"넌 라면 안 골라?"

"그게… 엄마가 몸에 안 좋다고 해서….'

그렇게 말하는 순간, 아이들의 표정을 봤어야 했다. 저 엄마 치마폭에 싸인 애를 어떻게 하지, 하는 표정을. 그제야 뭔가 잘못되었다는 걸 깨달았지만, 이미 뱉은 말을 주워 담을 순 없었다.

"그럼 내가 너희 엄마한테 말해 줄까? 저기요 어머님, 따님이 어머님께서 매운 게 몸에 안 좋다고 먹지 말라고 해서 안 먹는다네요. 오늘만 좀 먹게 허락해 주세요. 네에에?"

평소 선생님들 흉내를 잘 내는 친구가 잔뜩 과장된 표정으로 연기를 하는 통에 아이들이 깔깔대며 웃었다. 기분이 좋지 않았지만 여기서 화를 내면 분위기가 이상해질 것 같아서 나도 억지로 웃었다. 웃음은 참을 때만 고통스러운 게 아니었다.

"애들아, 그만하고 계산이나 해."

세은이가 끊지 않았다면 놀림은 계속되었을지도 모른다. 아이들은 온통 새로운 '맵찔이'가 탄생했다며 신이 나 있었다.

"야, 야, 맵찔이는 이제 식상하잖아. 이름이 현이니까 매혐이 어떠냐?"

"오 좋다. 매혐이. 신선하다."

다들 까르르 웃는데도 나는 웃을 수 없었다. 정말로 매운 걸 못 먹어서 놀림받으면 억울하지나 않은데 나는 매운 음식을 먹는 시도조차 할 수 없어서였다. 내가 계속 사라지는 한, 앞으로도 불닭면이 얼마나 매운지 알 길이 없다. 난 엄마가 정해 준 규칙을 지켜야 하니까. 모두가 내가 더 빨리 먹었네, 속에서 불이 나네, 내일 화장실이 붐비겠네 해도 나는 우유 몇 모금만 조심스레 넘긴 채 아무 말 못 하고 있었다. 그저 누군가에게만 즐거운 이 시간이 빨리 지나가길 바랐다.

아이들은 배를 채우자 슬슬 새로운 수다거리를 찾기 시작했다. 갓 데뷔한 아이돌에 대한 평가부터 인터넷에서 본 동영상이나 드라마, 선생님, 선배, 옆 반 아이… 그러다 새로 전학 온 나에 관한 질문으로 넘어왔다.

"매혐이는 어디 살아?"

"우수리."

"네이처빌리지? 그래서 세은이가 챙겨 줬구나."

"아니, 거기 말고. 산 너머에 있는….'

"우수리 앞산 너머에 아파트가 있나?"

아이들의 얼굴이 전부 물음표로 바뀌었다. 대부분 읍내에 살아서 잘 모르는 눈치였는데, 어느 기억력 좋은 아이가 입을 열었다.

"산 너머라면 그 임대 아파트 말하나 보네."

"폐지 줍는 할매들만 산다는 거기?"

"나도 엄마한테 들은 듯. 천장에서 물 새고, 옆집 말소리 다

들리고."

"에이 설마, 새로 지은 아파트인데."

"그래도 우리 집 전세 가격도 안 될걸."

"거기 부실 공사라 비 샌다던데?"

"하하, 그건 너희 집도 그렇잖아."

"간식 먹는 데 아파트가 뭔 상관?"

듣다 못한 세은이가 나서자, 다들 조용해졌다. 하지만 어디든 적정선을 모르는 친구가 있는 법이다.

"얘가 매운 거 혐오하는 이유를 알겠다. 비만 오면 김치냉장고에 물이 들어가서 물김치만 먹었던 거야."

"오, 그럴듯하네."

하하하하. 이어지는 웃음소리. 귀를 틀어막고 싶었다. 다들 제 딴에는 친근하게 군다며 내 가슴에 다트를 던져 댔다. 특히 저 흉내 잘 내는 아이는 자신이 분위기를 주도한다고 생각하는 듯했다. 하나도 재미없는 농담이나 하면서.

"먼저 갈게."

더는 쓸데없는 말을 듣고 싶지 않아 자리에서 일어섰다. 전학 와서 무례한 대접을 받는 게 한두 번이 아니다. 그래도 이런 관심보다는 차라리 무관심이 낫다. 전학을 다녀야 하는, 학교에 자주 나올 수 없는 내 상황이 원망스럽기만 했다.

나는 뒤도 안 돌아보고 서둘러 집으로 향했다. 불쾌하긴 했지만 딱히 서럽지는 않았다.

"현이야!"

얼마나 걸었을까, 뒤에서 내 이름이 들렸다. 세은이였다. 모두 읍내 쪽으로 갔고, 세은이만 우수리 쪽으로 걸어오고 있었다. 아니, 세은이는 나를 향해 달려오고 있었다. 나 역시 나도 모르는 새, 세은이를 향한 걸음이 조금씩 빨라지고 있었다.

"다른 애들은?"

"갔어."

"그래….''

나는 잠시 망설이다 말했다.

"미안, 나 때문에 분위기 망쳐서."

"아니야. 애들이 말을 좀 생각 없이 해도 다들 뒤끝은 없으니까 신경 쓰지 마."

왈칵. 나는 뭔가를 억지로 삼키려고 애썼다. 불닭면을 먹지 않는데도 코끝이 조금 매콤했다. 세은이는 아직 눈치채지 못한 듯 보였다.

"뭘 같이한 건 오늘이 처음이네. 그러니 신고식이라고 생각해. 어차피 걔들 다 NBW 좋아하니까 네가 오빠들 찐팬인 거 알면 다음부터는 매운 거 못 먹어도 상관하지 않을 거야."

"응."

나는 짧게 대답했지만 실은 하고 싶은 말이 잔뜩 있었다. 그렇게 말해 줘서 고마워. 겉도는 나를 위한 거짓말인지는 몰라도, 덕분에 든든해. 아까 받은 상처는 모두 잊을 수 있을 것 같아.

"잘 가. 그럼 내일 보자."

"응, 잘 가."

우리는 갈림길에서 헤어졌다. 하지만 나는 세은이의 뒷모습을 한동안 지켜보고 있었다. 왠지 가슴이 벅차올랐다. 매혐이란 별명과 함께 세은이라는 친구도 얻었으니까.

나는 대마왕 불닭면을 크게 한 젓가락 떠서 베어 물었다. 진공청소기처럼 면발을 빨아들이자 알싸하다 못해 아플 정도의 쓰라림이 입안을 가득 메웠다. 그다음은 더 크게 떠서 맛을 느끼기도 전에 목구멍으로 넘겼다. 나는 수아의 몸을 함부로 다루고 있었다.

– 아유, 매워. 그만! 그만!

'…'

– 그래, 오늘만 봐준다.

쓰으읍. 쓰으읍. 이빨 사이로 바람을 들이마시는 소리가 요란했다. 나는 오만상을 찌푸려 가며 불닭면의 끝판왕이라는 대마왕 불닭면을 남김없이 비웠다.

– 얼른 우유! 우유!

참다못한 수아가 급히 우유 팩을 뜯어 입으로 가져갔다. 벌컥

벌컥. 입과 속을 달래도 2만 스코빌의 매운 느낌은 좀처럼 가시질 않았다. 매운맛이 미각이 아닌 통각을 자극해서라는데 조금 있으니 속도 아팠다. 그제야 수아와 수아의 몸에 미안해졌다.

– 너도 참. 무슨 전쟁하듯이 먹냐?

'버스 시간 땜에.'

– 아직 1시간이나 남았어. 아무튼 성공인가?

수아는 우유 한 팩을 쭉 들이켜더니 길게 숨을 쉬었다. 그런 내 눈에 붉은 양념 찌꺼기만 남은 불닭면 용기가 들어왔다. 편의점 뒤풀이 날, 고개 숙이고 있던 내게 유일하게 맞닿아 있던 것은 아이들이 먹고 난 불닭면 용기 너머로 들리던 세은이의 다정한 목소리였다. 나는 그 목소리에 작별 인사를 건네었다.

세은이와 같이 불닭면을 먹고 싶었던 것은 단순히 내가 매혐이가 아니란 걸 증명하기 위해서가 아니라, 그날 내가 느꼈던 세은이의 다정함을 다시 느끼고 싶어서였다. 내가 매운 걸 잘 먹든 못 먹든 세은이만 알아주면 되니까. 하지만 이제 내가 불닭면을 잘 먹는다는 사실을 아는 사람은 수아 말고 없다. 그리고 세은이에게는 군이 안 보여 줘도 될 것 같다. 그것이 더는 슬프지 않다는 사실이 슬펐다.

– 야, 우유나 하나 더 사자.

수아가 빈 용기를 쓰레기통에 던져 넣으며 말했다.

"학생, 다 왔어!"

시외버스 좌석에서 푹 잠이 들고 말았다. 학교에서는 아무리 발버둥 쳐도 가지 않던 시간이 벌써 3시간이나 지나 있었다. 기사 아저씨가 깨우지 않았다면 그대로 다시 버스를 타고 읍내로 돌아갔을 생각에 아찔했다. 아저씨에게 감사 인사를 하고 허겁지겁 내리자, 수아는 아인슈타인의 상대성이론 때문이라고 했다. 공부할 때의 시간과 놀러 갈 때의 시간이 다르다나. 그 말에 나는 슬쩍 웃었다.

입장권과 자유이용권을 결제하고 보니, 놀이공원 입구에는 긴 줄이 늘어서 있었다. 평일이라 그런지 이 정도면 아주 많은 편은 아니라고 생각했다. 놀이공원 안으로 들어서자 몇몇 이들은 얼른 줄을 서려고 저마다 타고 싶은 놀이기구를 향해 달려갔다. 하지만 내 눈에 들어온 것은 코펜하겐 익스프레스가 아닌 요정의 나무였다.

'저기서 사진 찍을래?'

- 갑자기? 지금 뛰어야 빨리 탈 수 있어.

'어차피 어떻게 찍어도 셀카니까 빨리 찍을 수 있지 않을까?'

나는 이 순간을 기억하고 싶었다. 이현이가 처음으로 놀이공원에 발을 디딘 역사적인 순간을. 우리는 사진을 찍으려고 요정의 나무 그루터기에 앉았다.

'다음에 특이점의 정원에서도 같이 찍자.'

- 뭘 그때 가서 또 찍냐.

'그땐 둘이 찍을 수 있지 않을까?'

- 모르겠다. 사진이 찍힐는지. 자, 찍는다. 하나, 둘.

말은 그렇게 했어도 수아는 마음에 안 든다며 몇 번이고 다시 찍었다. 한술 더 떠 지나가던 사람을 붙잡고 찍어 달라고까지 했다. 친절한 대학생 커플은 웬 중학생의 뜬금없는 요청에도 폰을 건네받자 정성껏 사진을 찍어 주었다. 내 낡은 폰으로 찍은 사진에 정작 내 모습은 하나도 없지만, 수아가 선명하게 나와서 좋았다.

놀이기구를 홀로 즐기러 오면 여러모로 불편하다는 걸 아는 데는 오래 걸리지 않았다. 첫째, 대부분 2인용 좌석이므로 사람이 아예 없는 경우를 제외하면 모르는 사람과 함께 타야 한다. 둘째, 생판 모르는 사람 앞에서 소리 지르기가 왠지 부끄럽거니와 그러다가 시끄럽다는 불만을 들을지도 모른다. 셋째, 인기 있는 놀이기구는 아무리 평일이라 해도 1시간 넘게 기다려야 한다.

코펜하겐 익스프레스는 이런 악조건을 모두 갖추고 있는 놀이공원 최고의 인기 스타였다. 이를 증명이라도 하듯 우리가 갔을 땐 줄이 놀이공원 입구에서보다 길게 늘어서 있었다. 코펜하겐 익스프레스의 입구에는 멀리서도 보이는 커다란 큐알 코드가 붙어 있어서 이를 스캔하면 놀이기구의 특징이나 대기 현황 같은 걸 볼 수 있는데, 수아는 그게 재미났는지 내 휴대 전화를 빼앗아서 이것저것 살펴보았다.

- '코펜하겐 익스프레스는 현존하는 세계에서 가장 오래된 롤러코스터인 덴마크 티볼리 공원의 뤼체바넨의 운행 100주년을 기념하여 제작된 롤러코스터입니다'라는데 왜 덴마크가 아닌 머나먼 한국에 설치했는지 모르겠네. 작년에 오픈했을 때 덴마크 대사까지 왔다는데, 하긴 나도 생판 모르는 동네에 서울 익스프레스가 생기면 가 볼 것 같긴 하다.

- 롤러코스터에는 엔진이나 모터가 없대. 처음에 레일의 가장 높은 곳으로 끌어올릴 때 쓰는 전동 벨트 말고는 어떤 동력 기관도 설치되어 있지 않아. 그다음엔 오직 높은 곳에서 낮은 곳으로 떨어지는 동안, 위치에너지가 운동에너지로 전환되면서 속도를 얻게 되지.

- 방금 레일 높이, 롤러코스터 무게를 역학 에너지 보존법칙에 대입해서 계산해 봤는데 속도가 얼만 줄 알아? 자그마치 시속 112킬로미터야. 사방이 트여 있으니 체감 속도로는 시속 200킬로미터가 넘을걸.

- 독일 하이델베르크 대학 연구 팀에 따르면 롤러코스터가 불규칙한 심장 박동을 유발하여 심장마비의 위험이 있을 수 있다네. 뭐 내 심장은 아직 튼튼한 거 같으니 괜찮겠지.

'타기 싫으면 그만둘까?'

- 어?

'평소보다 말이 많아졌길래. 혹시 긴장해서 그러나 싶어서.'

- 아니거든?

'아직도 2시간이나 기다려야 되네. 어떻게 할래?'

- 타고 싶다며.

'괜찮아. 네가 부담스럽다면 안 타도 상관없어.'

- 됐어! 여기까지 왔는데, 이번 기회 아니면 또 언제 타려고
  그래?

그렇게 우리는 2시간을 허비하기로 결론을 내렸고, 그 대가로 3분 30초 동안 하늘을 나는 기회를 얻었다. 가만히 서서 허비하기에는 길고도 지루한 시간이었지만, 휴대 전화의 데이터가 넉넉한 편은 아니어서 마음껏 인터넷 기사를 보거나 NBW의 노래를 들을 수는 없었다.

하는 수 없이 나는 바깥에 집중했다. 우수리에 있을 때는 전혀 느낄 수 없던 이질적인 모습들. 머리 위로 쇠와 쇠가 부딪히는 소리와 그 쇳덩이 위에 오른 사람들이 지르는 함성과 비명 그 사이 어딘가의 소리가 일정한 간격으로 지나갔다. 처음엔 단순한 호기심에서 출발했지만, 이제는 그 느낌이 어떨지 궁금해서 견딜 수 없을 정도였다.

'준비됐지?'

- 그래 가 보자. 까짓것.

대기 열이 조금씩 줄어들더니 드디어 우리가 서 있는 플랫폼으로 코펜하겐 익스프레스가 위용을 뽐내며 들어왔다. 세계까지는 몰라도 적어도 우리나라에서만큼은 가장 무서운 롤러코스터다. 탑승한 사람들이 반쯤 넋이 나간 채 우르르 내리고, 나는 운이 좋은 건지 나쁜 건지 맨 뒷자리에 앉을 수 있었다. 롤러코스터에서 가장 무섭다는 자리 말이다. 하지만 내 옆엔 모르는 아주머니 한 분이 앉아서 무섭다고 티를 내기도 민망했다.

안전에 관한 간단한 안내 방송이 끝나자, 직원의 신호에 맞춰 안전 바가 내려왔다. 이제 정말 내리고 싶어도 내릴 수 없다.

'까짓것.'

나는 이를 악물었다. 덜커덕 소리와 함께 코펜하겐 익스프레스가 출발하자 내 심장도 덜컥 주저앉는 느낌이었다. 체인벨트에 이끌린 그것은 레일의 가장 높은 곳으로 향했다. 또 다른 상대성이론이 발동한 듯, 사람들이 점점 주먹만 하게, 벌만 하게, 개미만 하게 보이는 시간은 내 인생에서 가장 긴 시간처럼 느껴졌다.

덜커덕.

롤러코스터가 멈추었다. 정점에 도달한 것이다. 생각이 끊겨서 다시 뭔가를 생각해 내려던 순간, 코펜하겐 익스프레스는 미끄러지듯 내려가며 중력이 선사하는 춤을 추기 시작했다.

몸이 앞으로 쏠리고, 머릿속이 하얘졌다.

단지 높게 올라갔다가 빠르게 떨어지며 가끔 빙빙 도는 이상한 기차인 줄로만 알았는데 과학 시간에 배운 속도와 가속도, 작용과 반작용 같은 여러 종류의 힘들이 온몸을 훑고 지나갔다. 높으면 높을수록, 빠르면 빠를수록 지구는 더 강한 힘을 우리에게 쏟아부었다. 코펜하겐 익스프레스가 괜히 세계 최고의 속도와 회전을 자랑 삼아 광고하는 게 아니었다. 그것은 수아처럼 속도를 직접 계산하지 않아도, 타면 곤욕을 치를 수 있다는 일종의 경고문이었다.

롤러코스터가 예상치 못한 움직임을 보일 때마다 목청에서는 준비되지 않은 비명이 터져 나왔다. 위치에너지와 운동에너지의 향연이 끝나자, 원심력과 구심력의 차례가 되었다. 코펜하겐 익스프레스는 바람을 가르며 세계 최고의 속도로 세계 최대의 원형 레일을 향해 달리고 있었다. 불어닥치는 거센 바람과 내 몸을 멋대로 다루던 중력이 원형 레일에서 원심력이라는 이름으로 바뀌어 마지막 힘을 쥐어짜자, 아래로 떨어질 것 같은 느낌에 오금이 저려 왔다. 그런데 이상하게도 그 안에는 공포가 아닌 쾌감이 담겨 있었다.

수아는 괜찮을까?

끼이익하고 귀청을 짓이기는 듯한 마찰음이 들리며 코펜하겐 익스프레스의 속도가 점차 줄어들었다. 종착역이 가까워지자

나는 이 공포 기차를 사람들이 왜 돈까지 내며 타는지 알 것 같
았다.

'괜찮아?'

– 으, 응.

'어땠어?'

– 뭐랄까? 마치 뉴턴 할아버지의 복수에 당한 기분이랄까.
　　양자역학은 뉴턴의 물리법칙을 완전히 다시 쓰게 했거든.
　　하필 이름도 양자역학이 태어난 코펜하겐이고.

'한 번 더 탈래?'

– 농담이지?

'어차피 시간이 없어서 더 타고 싶어도 못 타.'

– 대신 아이스크림 하나만 사 먹자. 속이 울렁거려서 토할 것
　　같아.

나는 수아의 말대로 하기로 했다. 아까 불닭면을 흡입한 데다
롤러코스터로 칵테일을 만들었으니 속이 뒤집힐 만도 하다.

– 그래.

우리는 비틀거리며 자리에서 일어섰다. 우리가 나오는 동안
에도 과학 종합 선물 세트를 맛보려는 사람들은 자신의 차례가
오기만을 기다리고 있었다.

읍내의 시외버스 터미널로 돌아왔을 땐 저녁 8시를 훌쩍 넘

어 있었다. 버스에서 내리며 자느라 받지 못한 휴대 전화를 꺼내
든 순간 나는 당황하지 않을 수 없었다.

부재중 전화 25통

엄마가 왜 이렇게나 많이 전화했지? 우주호 선생님에게 내
가 학교에 가지 않은 사실을 확인이라도 한 건가? 그래도 엄마
의 눈을 속이려고 사라진 척, 옷가지를 침대 위에 펴 놓기까지
했는데, 벌써 들통이 났나?

– 어서 너희 집으로 가는 게 낫겠어.

갑자기 수아가 다급한 듯한 목소리로 말했다.

'왜?'

– 그냥, 예감이 좋지 않아. 어찌 되었든 너희 엄마와의 약속
  을 어긴 거니까 죄책감도 들고.

'네가 죄책감 가질 필요는 없어. 엄마 말을 어긴 건 나야.'

– 그래도 널 규칙까지 만들어서 관리해 주고 계시는데, 내가
  널 부추겼잖아.

'마음은 고맙지만, 내가 알아서 할게.'

– 내가 불편해서 그래.

'우리 아직 다 안 끝났잖아. 노래방에 들러야지.'

– 노래방은 다음에 가자.

'싫어. 오늘 다 할 거야.'

– 너 지금 뭐 들은 거야? 당장 너희 집에 가도 너네 엄마가 용
   서해 줄까 말까라고.

'우리 안 사라지고 잘 놀다 왔으면 된 거 아니야? 2시간 더 늦
게 들어간다고 덜 혼날까? 그럴 거면 차라리 다 하고 가는 게 낫
지.'

이젠 오히려 내가 적극적으로 나서고 있었다. 정말로 오늘 아
니면 기회는 없다고 생각하니까.

'노래방 콜?'

– 아니.

'내가 아는 데가 있어.'

– 내 몸인데, 왜 말을 안 들어?

'오늘만 봐줘.'

– 정말이지 너는….

수아가 항복한 것 같아서 나는 저녁도 거르고 터미널 근처의
코인 노래방으로 향했다. 예전에 엄마 생일 때 왔던 곳이다. 노래
방 입구의 자판기에서 사이다 두 캔을 뽑아 그중 하나를 들이켰
다. 목도 마르고, 오다가 멀미까지 해서 속이 좋지 않았다. 캔을
비우자 속이 시원해지며 노래를 부를 만반의 준비가 된 느낌이
들었다. 나는 빈방으로 들어가 기계에 지폐를 넣고 마이크를 움
켜잡았다.

리모컨을 들었다. 무얼 부를지 결정된 상태에서 곡명을 찾는 건 어렵지 않았다. 〈Boys are falling in love〉는 NBW의 정규 1집 타이틀곡이다. 이 곡을 시작으로 인터넷에서 입소문이 나기 시작해 역주행으로 음악방송 1위까지 거머쥔 〈Gloomy noise〉, 격렬한 댄스가 돋보이는 〈Ambitious〉, 멤버 모두가 즐거워 보이는 여름 댄스곡인 〈풍덩!〉과 발라드 중 가장 뛰어난 〈스며들다〉, 마지막으로 데뷔곡인 〈Welcome to the New Boys' World〉까지 모두 부를 생각이었다.

I don't know why 치밀어 가는 내 속에 너를 잠재워
I don't know why 멀어져 가는 네 모습 네가 그리워

수아의 목소리로 노래를 부르는데 정작 몸의 주인인 수아는 맞장구만 쳐 주는 느낌이었다. 그러다 내가 열 곡 넘게 부르는 동안, 수아가 제 노래는 한 곡도 부르지 않았음을 알았다. 기껏 졸라서 노래방까지 오고, 수아의 목으로 노래까지 부르는데 내 노래만 부르고 있다니.

'너도 한 곡 불러 봐.'

– 아니야. 다 불렀으면 가자.

'한 곡 부르래도.'

– 괜찮다니까.

코인 노래방에 들어올 때부터 수아는 뭔가 불안한 듯 보였다. 아니 버스에서 내릴 때부터였나? 아마 시간도 늦은 데다 엄마 몰래 너무 멀리까지 다녀와서일 것이다. 하고 싶은 거 다 해 보자고 제 입으로 말할 땐 언제고. 생각보다 시간이 늦어지니 이게 아니다 싶은 건가?

사실 난 수아가 노랠 부르는 모습을 꼭 보고 싶었다. 수아가 좋아할 노래가 뭐가 있을까. 수아가 대답이 없어서 대신 수아가 좋아할 만한 노래를 찾아보았다. NBW의 경쟁 그룹인 온-사인이 부른 〈너의 마음을 풀어 버릴 근의 공식〉이라는 노래인데, NBW 팬들 사이에선 '스트레스 풀려고 음악 듣는데 가사에 수학 공식이라니 학원에 다시 앉아 있는 기분이다', '왜 저런 노래가 전교 1등이 아니라 음악 프로그램 1등을 하냐'라며 비난받던 곡이지만 수아에겐 이만큼 딱 맞는 노래가 없었다.

경쾌한 반주가 시작되자, 빨강, 파랑, 노랑, 초록의 불빛들이 숨바꼭질하듯 방안 구석구석으로 퍼져 나갔다. 리듬을 타던 내가 수아에게 마이크를 넘기자, 수아는 자리에서 일어났다. 수아의 노래는 어떨까 잔뜩 기대하던 내 생각과 달리 수아는 노래방 기계에 다가가더니 갑자기 반주를 꺼 버렸다. 찬물을 확 끼얹은 기분이었다.

– 부탁이야. 오늘은 여기까지만 하자.

수아의 태도가 아까와 달라서 난 그 말대로 하기로 했다. 아직 부르지 않은 노래가 남았지만, 수아가 먼저 나섰다. 수아의 몸이 움직이는 거니까 나도 하는 수 없이 노래방에서 나왔다.

> 요즘 학업 성취도가 떨어진 것 같다고 담임 쌤이 보강해 주신다고 했어. 수업 도중 방해될까 봐 연락 못 했어. 저녁은 보강 끝나고 선생님이 사 주셔서 먹었어.

거짓말은 참 무섭다. 처음엔 하기 어려워도 막상 하고 나면 다음부터는 쉽고 치밀해진다. 잠시 폐교에 들르며 시작된 나의 거짓말은 이젠 멀리 놀이공원까지 다녀올 정도로 자라 있었다.

버스 차창을 스치는 불빛들을 뒤로하며 엄마에게 뭐라 변명할지 생각했다. 엄마는 집요할 만큼 내가 어디 갔는지, 어디서 무얼 했는지 캐물을 것이다. 누군가와 밥을 같이 먹었다고 하면 이 근처에는 엄마가 아는 식당도 꽤 되어서 자칫 확인 전화가 갈 수도 있다. 최대한 사실처럼 보이도록 이야기를 짜내다 갑자기 뇌가 멈췄는지 도무지 떠오르는 게 없었다.

'아까 그 노랜 좀 아쉬웠어.'

하지만 수아에게선 아무런 응답이 없었다. 내가 억지로 노래 시켜서 화난 건가? 하긴 그럴 수도 있다. 수줍음을 많이 타거나, 자신이 음치란걸 알아서 노래하길 병적으로 싫어하는 애들도 있으니까. 이쯤 되자 수아에게 미안해졌다.

오다 시외버스에서 잤는데도 수아가 아무 말 하지 않으니 갑자기 졸음이 쏟아졌다. 하나의 몸에 두 개의 마음이라 두 마음이 시키는 일을 한 몸으로 처리하다 보면 피로가 빨리 오나 보다. 잠시 눠둘까? 수아도 피곤해서 그럴 거야. 하긴 오늘은 시내 시외 합쳐서 버스만 왕복 8시간을 탔으니까.

서쪽 하늘이 붉게 물든 사이, 우리는 자리를 잡고 앉았다. 별을 보기 위해서다. 그 속에 숨어든 조팝나무 꽃잎은 마치 숨을 쉬는 듯 어두워졌다 밝아졌다를 반복하며 우리를 둘러쌌다. 급히도 어두워진 하늘에 별들이 하나둘씩 모습을 드러내자 꽃잎들도 질세라 이리저리 나부꼈다.

예쁘다.

나도 모르게 드러눕고 말았다. 하늘을 보자 빽빽하게 덮인 반짝이는 꽃잎들 사이로 작은 별들이 반짝였다. 무엇이 별이고 무엇이 꽃잎일까? 별의 바다를 헤매는 빛의 꽃잎들이 작은 별들과 어우러지며, 내 눈은 손에 잡히는 것과 잡히지 않는 것을 구분하지 못하고 있었다.

"저 너머엔 뭐가 있을까?"

"나중에 한번 가 봐. 조만간 갈 수 있지 않을까?"

하지만 내 말에 웬일로 수아는 고개를 저었다.

"안 돼. 난 여기를 벗어날 수 없거든."

"어째 평소 나처럼 얘기한다? 밖으로 잘만 돌아다니면서."

"하긴 너하고 같이 나가면 문제없긴 하다. 왜 그럴까? 이유를 확실히 알게 되었으면 좋겠네. 그럼 불안하지 않을 테니까."

"불안하지 않다라. 가끔 보면 꼭 울 엄마 규칙 같다니까. 그 과학이란 거."

"맞아. 과학이야말로 생존 규칙과 비슷해."

"그래?"

"너 여기 오면 기분이 어때?"

"편안하지. 반짝이는 꽃잎들도 있고, 아담한 정원도 있고."

"그렇지? 저 조팝나무꽃들이 거시 세계라 불리는 이 세상에서 미시 세계의 법칙을 따르는 우리를 안심시켜 주니까. 난 그게 과학의 본질이라고 생각해."

"과학이 마음을 편안하게 해 준다고?"

"응. 예전엔 동서양을 막론하고 일식이나 혜성이 불길한 징조였다고 해. 하지만 일식이 달이 지구 주위를 돌다가 태양을 가리는 현상이고, 혜성이 일정한 주기로 돌아오는 떠돌이 천체라는 사실이 밝혀지면서 인류는 그러한 불안에서 해방되었지. 과학의 힘으로 예측이 가능해졌거든."

"그럼 내 마음이 편안해진 것도 예측이 가능해서인가?"

"그렇지 않나? 비록 나와 한데 섞이긴 했어도 여기 오면 사라지지 않을 거라고 믿잖아."

"그렇지."

"난 과학이 인류의 호기심에서 출발했을지 몰라도, 이를 발전시킨 데는 호기심보다는 불안감이 한몫했다고 생각해. 전자레인지, 휴대 전화, 즉석 조리 식품…. 당장 우리가 쓰는 물건들만 봐도 과거 세계 대전이나 냉전 시기에 발명된 것들이 많으니까. 인류가 상대방 때문에 불안해하던 시기."

"그렇구나."

이번엔 왠지 수아에게 반문하지 않고도 수아의 말이 공감되었다. 그러고 보니 다른 사람들도 갑자기 사라지는 우리와 별반 다르지 않아 보였다. 변화무쌍한 자연을 과학의 힘으로 조금이나마 예측하면서, 사람들은 불안해하지 않고 앞으로 나아갈 수 있으니까.

꿈이었다. 수아와 함께했던 어느 저녁에 대한.

하지만, 난 억지로라도 눈을 떠야 했다. 버스가 이제 막 우수리에 들어섰기 때문이다. 헐레벌떡 벨을 누르고 교통 카드를 찍으려고 주머니에서 휴대 전화를 꺼내어 보니 엄마에게선 아직 답이 없었다. 그러자 더 불안해졌다. 얼른 수아에게 말을 걸었다.

'수아야, 오늘 그냥 우수초등학교에서 자면 안 될까?'

하지만, 이에 대한 응답은 버스에서 내리고 나서야 받을 수 있었다. 피곤해서인지 수아의 목소리는 조금 잠기어 있었다.

– 안 돼.

'오늘만.'

– 글쎄, 안 된대도. 더는 거짓말하면 안 돼. 더는. 나도 거짓말
하기 싫어.

수아가 아까 엄마에게 거짓으로 문자를 보낸 걸 보고 이러는
것 같았다. 하고 싶은 일은 하자고 꼬드기는 자신이 악마 같다고
했는데, 이젠 내가 악마처럼 보였다.

버스가 완전히 떠난 걸 확인한 나는 휴대 전화 손전등에 의
지하여 폐교 쪽으로 걸어갔다. 교문을 열자 학교 안은 깊게 깔린
어둠으로 한 치 앞도 보이지 않았다.

그래, 마냥 피할 수만은 없어.

폐교 안에 들어온 나는 출발선에 섰다. 우리 집에 가기 전에
내 원래의 모습으로 바꾸기 위해서다. 건물 현관을 향해 달려서
학교 뒤편의 특이점의 정원에 다다르면 둘로 나뉘었다가 다시
나올 때 모습이 바뀐다. 그 말도 안 되는 일은 적어도 내겐 의심
의 여지가 없는 진리였다.

준비, 땅!

아직 조팝나무꽃이 피지 않았는지 반짝거리지 않는다.

퍽퍽퍽퍽.

발소리만이 요란하다.

그대로 현관을 통과해 학교 뒤편까지 멈추지 않고 달린다.

그러나 당도한 나를 맞아 준 것은 반짝반짝 빛나는 예쁜 조팝나무꽃들이 아니라 무성한 어둠에 파묻힌 볼썽사나운 덤불들이었다.

어떻게 된 일이지?

결승점이 사라졌어.

정원이 사라졌어….

나는 어찌할 바를 몰라 우두커니 서 있었다. 가끔 당연하다고 생각하는 일이 맞지 않을 때가 있는데, 시험 문제의 답이 확실히 3번이라고 생각했지만 2번일 때가 있고, 잘 나온 신곡이 1위를 할 것 같지만, 다른 아이돌 곡에 밀려 1위를 하지 못할 때도 있다. 그런데 하필 지금이 그런 때라니. 의문은 점점 불안으로 바뀌고 있었다.

'수아야. 이게 어찌 된 일이야?'

'수아야.'

'수아야! 수아야!'

나는 수아를 부르며 다시 출발점으로 돌아왔다. 끝 모를 불안이 밀려드는 동안 내가 할 수 있는 거라곤 수아를 부르며 수아의 몸으로 정원을 향해 달리는 게 전부였다. 그러기를 여러 차례, 밤의 달리기에 온몸이 땀으로 흠뻑 젖었는데도 나를 반겨 주던 빛나는 조팝나무꽃들은 피어오르지 않았다.

정원이 사라졌어. 왜지?

뭐라고 말 좀 해 줘. 제발.

텅 빈 공기 속에서 숨소리만 들렸다. 그 사이로 아무리 수아의 이름을 불러도 들려오는 대답은 없었다. 수아가 장난치는 건 아니겠지, 그러자 그 의심을 뚫고 내게 속삭인 것은 수아가 아닌 어둠과 침묵이었다. 어쩌면 우리가 알고 있는 게 틀렸을지도 모른다고.

열다섯 번째 달리기를 마치고 나서야 나는 어쩔 수 없이 집으로 돌아갔다.

나를 옥죄는 것은 밤의 공포도 여행의 피로도 아닌 막연한 불안감이었다.

조팝나무꽃도 정원도 사라졌다.

양자적 특이점이 사라진 지금 내가 할 수 있는 일은 없다.

아무것도 설명할 수 없어서 불안하다. 그리고 내게서 비롯된 불안은 마치 전염이라도 되는 듯 점점 커지고 있었다. 하지만 얼이 빠진 상태로 집에 도착한 나를 기다리고 있던 것은 또 다른 형태의 불안이었다.

"엄마."

짝.

대답 대신 날아온 엄마의 손바닥.

엄마는 수아의 모습을 한 내 인사를 받는 대신 금방이라도 울 것 같은 얼굴로 뺨부터 때렸다. 엄마의 얼굴은 불안을 넘어 잔뜩 겁에 질려 있었다. 마치 그날 경찰서에서의 일이 단순한 장난이 아니라는 듯. 뺨을 맞은 나는 머리가 멍해져 아무 말도 할 수 없었다.

"너 뭐야! 왜 네가 현이 옷을 입고 있어?"

"…."

"너 현이 맞아? 현이 맞냐고?"

"맞아."

"근데 왜 전화 안 받았어?"

"전화 온 줄 몰랐어."

"거짓말하지 마. 그럼 이건 뭔데?"

엄마의 폰에는 낮에 놀이공원 입구에서 내 폰으로 찍은 수아의 사진이 저장되어 있었다. 휴대 전화로 사진을 찍으면 자동으로 클라우드 저장소에 저장된다는 걸 깜빡하고 말았다. 엄마가 컴퓨터로 가계부를 정리하다가 내가 수아와 놀이공원에 갔음을 안 것이다.

"너 진짜 현이야? 넌 누군데 자꾸 내 딸 행세를 하는 거니? 그 폰은 어디서 났어? 현이 거 뺐었어? 대답해 얼른!"

"그래. 말할게. 나 사실 현이야. 애랑 몸을 같이 쓰고 있어. 그리고 나도 남들처럼 놀이공원 가 보고 싶었어. 뭐가 문제야?"

"네가 뭔데 그런 식으로 얘기해? 그리고, 몰라서 물어? 넌 남들과 다르잖아."

"자꾸 넌 달라, 넌 달라 하면서 몰아붙이는 데 이젠 지쳤어. 숨 막힌다고. 이럴 거면 앞으로 엄마가 날 위해 아무것도 안 했으면 좋겠어."

"뭐? 너 말 다했어? 미쳤어? 돌았어?"

"안 미쳤어."

"너 아무래도 현이 아닌 거 같아. 정말로 현이 맞아? 내 딸 맞냐고?"

엄마는 횡설수설하며 거의 실신할 사람처럼 보였다. 딸이 종일 연락도 안 되다가 멀리 가 버린 것까지 알았는데, 들어와서 대들기까지 하니 그럴 만도 할 것이다. 심지어 그렇게 대드는 딸이 다른 애의 모습이다.

엄마가 이를 악무는 모습이 보였다. 또 손이 날아올 것 같아 눈을 찔끔 감았다. 그런데 예상과 달리 엄마는 흐느끼며 말했다.

"현이는… 우리 현이는 이러지 않아. 너 진짜 누구야? 누군데 왜 현이처럼 얘기해?"

"나야. 현이."

"아니야. 현이는 이렇게 생기지도 않았고 이렇게 대들지도 않아. 내 말을 얼마나 잘 듣는데…. 우리 현이, 현이 어딨니? 응? 현이 어딨어?"

엄마가 혼란스러워하고 있다. 내가 딸이 아닌 모습으로 딸처럼 말하고 있어서다. 그런데 이 상황이 혼란스럽기는 나도 마찬가지다. 난 어떻게 해야 하지? 우수초등학교에 가면 사라지지 않는다는 사실도, 그래도 엄마는 날 믿어 줄 거라는 일말의 희망도 모두 부정된 마당에 내가 할 수 있는 게 얼마나 될까? 세은이도 떠나고, 수아도 말이 없는 상황에 엄마까지 이러면 나는 어떡하란 말이야!

"나도 내가 누군지 헷갈려. 헷갈려 미치겠다고!"

엄마가 우는 게 보기 싫어 소리를 지르고 말았다.

"어흐흐흐…. 역시 넌 현이가 아닌 게 맞구나. 우리 현이는 평생 엄마한테 큰소리 한번 낸 적 없어. 이런 상태라면 차라리 가끔씩이라도 사라지는 게 낫겠어."

차라리 듣지 않는 편이 나을 뻔했다. 엄마가 지금 한 말은.

그날 세은이가 나에 대해 했던 말처럼.

맞아. 내가 이렇게 되지 않았다면 엄마도 행복했겠지. 그랬다면 나도 엄마에게 효도하고 착한 딸이 되었을지도 몰라. 미안해. 나 때문이야. 전부 다.

"현이야."

"오늘은 수아네서 잘게."

"현이야, 방금 한 말은 취소할게. 미안해."

나는 도망치듯 밖으로 나왔다. 엄마가 미안하다고 외치는 소리가 문밖까지 들렸지만 애써 외면했다. 오히려 내가 엄마와 수아에게 미안했다.

미안해. 이렇게 되어 버려서.

그래도 지금은 너무 행복한데.

사라지지 않아서. 누군가와 맞닿아 있어서. 엄마 말고 날 이해해 주는 누군가가 있어서. 그냥 이렇게 지내면 안 돼? 안 되는 걸까?

오늘은 최고의 날이자 최악의 날이었다. 그러나 그런 생각을 하는 주체가 나인지 수아인지마저 헷갈리기 시작했다.

수아의 몸 - 결이 어긋나면

눈을 뜨자 폐교 건물 뒤편이었다. 어젯밤에 어떻게 이곳까지 왔는지는 기억나지 않았다. 그냥 수아를 따라왔는지도 모른다. 나는 다시 눈을 감았다. 실컷 자고 일어나 피곤하지 않은데도.

어느새 2는 1로 바뀌어 있었다.

나는 눈을 번쩍 떴다. 다시 시작된 사라짐 카운트. 하지만 무얼 해야 할지 길을 잃고 말았다. 한없이 상상만 했던 끝이 실제로 다가와 버리자 마치 안개가 낀 것처럼 앞이 보이지 않았다.

─ 일어났어? 할 얘기가 있는데.

수아. 수아였다. 떠난 줄 알았던 수아가 다시 돌아와 다행이라고 생각하는 것도 잠시, 어젠 왜 갑자기 침묵했냐고 따지려는데 수아는 제 몸을 이끌고 어딘가로 향했다. 우린 폐교 건물 안으로 들어가 가장 가까운 교실의 미닫이문을 열었다. 먼지가 쌓인 교실엔 책걸상이 한쪽에 얼기설기 쌓여 있어 조금 위험해 보였다. 그리고 중앙의 칠판에는 무언가 뜻 모를 수학식들이 잔뜩 적혀 있었다.

'너, 괜찮아?'

– 지금 그게 중요한 게 아니야.

수아는 머리카락을 배배 꼬며 의자에 앉아 칠판을 응시했다.

– 너 자는 동안 우리의 주기성이 무한히 발산할지를 파동방정식을 통해 계산해 봤어. 그런데 이에 대한 확률밀도가 현저히 줄어들었어. 이 부분이 자발 대칭 깨짐인지는 좀 더 확인해 봐야겠지만.

'여전히 무슨 말인지 모르겠어.'

– 미안. 또 까먹었네. 우리가 이렇게 번갈아 가며 사라지던 게 곧 끝난다는 뜻이야. 조팝나무 정원도 그래서 없어진 것 같고.

'그렇다면? 어떻게 되는데?'

– 네 말대로 되겠지.

갑자기 수아의 목소리에서 쓸쓸함이 묻어났다.

– 양자역학의 코펜하겐 해석에 따르면 우리가 이렇게 섞여 있는 상태를 '결맞음 상태'라고 해. 그런데 평소 우리가 생활하는 거시 세계는 이런 결맞음을 싫어해서 자꾸 관측을 통해 이를 깨뜨리려고 해. 그걸 '결어긋남 상태'라고 하지.

'관측? 학교엔 우리 둘뿐인데 자꾸 뭐가 우릴 본다는 거야?'

– 관측이란 게 눈으로 보는 것만 뜻하는 게 아니야. 지금 우리가 듣는 소리, 숨 쉬는 공기, 꽃도, 박테리아도, 해도, 달도, 말 그대로 이 세상 모든 것들과의 상호작용을 가리켜. 모두가 우릴 보고 있어. 우리의 상태가 불안해 보여서 가만히 둘 생각도 없어.

'그럼 이제 우린 같이 있을 수 없는 거야?'

– 아마도…. 예전처럼 둘이 번갈아 사라지지도 않고, 둘 중 하나만 남게 되겠지. 아주아주 높은 확률로.

우리 둘 중 하나만 남을 거라고?

둘 중 하나는 사라졌다가 영원히 돌아오지 않는다고?

내가 막연히 두려워만 하던 게 현실이 된다고?

하지만 세상이 우릴 가만두지 않아 완전히 사라질지 모른다는 두려움보다는 이젠 수아와 함께할 수 없을지도 모른다는 사실이 더 두려웠다. 듣는 나도 이 정도인데 계산을 통해 답까지 끄집어낸 수아는 오죽할까. 평소 결론 하나 내는 데도 과학적 근거를 따져 가며 신중한 수아가 저렇게 말할 정도면 뭔가 확실하다는 얘기지만, 그렇다고 해도 이를 받아들이고 싶지 않았다.

'이상한 소리 집어치워!'

나는 창가로 달려가 활짝 문을 열었다. 밖은 잔뜩 흐려서 땅도 하늘도 구분되지 않았다. 정오가 지났는데도 햇빛이 약해서

제 시간을 착각한 달만이 희미하게 놓여 있었다. 나는 무심코 달을 응시하다 그만 식은땀이 나서 얼른 커튼을 닫아 버렸다. 달에 눈이 돋아서 나를 마주 보는 느낌이 들어서였다.

'언제 그렇게 되는데?'

– 이번 주기가 끝날 때.

나는 수아의 몸을 한 채 텅 빈 교실에 홀로 앉아 있었다. 왠지 모를 침묵만이 감돌았다. 수아만큼 과학을 잘하지 못해도 수아가 말한 게 무슨 의미인지는 안다.

우리 둘은 원래 이 세상에 동시에 존재할 수 없다. 그것이 가능한 곳은 바로 이곳. 우수초등학교 뒤의 특이점인데 갑자기 없어져 버렸다. 어쩌면 세상이 비정상인 우리를 정상으로 되돌리려고 나섰는지 모른다. 하나를 아예 없애는 비정한 방법으로.

'너하고 나, 둘 중에 누가 사라져?'

– 50 대 50. 정확히 반반의 확률이야.

'우리 의지하고는 상관없이?'

– 응.

수아가 힘없이 말했다. 이번에도 내 의지하고는 상관없이 일이 진행되고 있었다. 이젠 내 의지대로 뭔가를 한 것이 언제였는지조차 가물가물했다. 따져 보면 그날 태극 마크를 받기 위해 진행 선생님을 찾아갔던 게 마지막이었다. 그 이후 알 수 없는 사라짐을 겪으면서 나는 어떤 것도 선택하지 않았다. 그저 엄마가 짜 준 규칙대로 생활하면서 스스로 뭔가 하는 법을 잊어버렸다.

나는 사라지지 않은 날도 사라진 것처럼 행동하고 있었다.

친구는 처음부터 사귈 수 없었고, 패스트푸드는 꿈에서나 먹을 수 있다. 뭘 하기가 두려웠다. 계획은 무의미했다. 포기를 당연한 걸로 여겼다.

폐교에 온 것은 그리고 수아를 만난 것은 특별한 용기가 필요했던 일이 아니다. 그것은 지금까지 해 오던 확신 없는 그저 그런 시도에 지나지 않았다. 어떠한 굳은 용기나 신념도 들어가지 않았다. 누가 시켜서 한 것도 아니었다.

그러나 그 맥 빠진 시도의 대가로 수아와 함께할 수 있었다. 수아는 내게 많은 걸 가르쳐 주었다. 사라짐은 병이 아니며, 내 의지대로 하는 행동이 꼭 위험하진 않으며, 불닭면은 청양고추보다 맵다는 것. 그리고 양자역학에는 행동하기 전까지 모든 가능성이 숨어 있다는 것.

딩동.

분위기에 어울리지 않는 경쾌한 벨 소리에 나는 휴대 전화를 꺼내 들었다. 혹여나 엄마에게 연락이 오지 않을까 알람을 켜 두었는데 소리의 주인공은 엄마가 아닌 팬 카페였다. 새로운 글. 세은이가 콘서트 티켓을 사려고 할 때, 더 저렴한 티켓은 없는지 찾아보려고 '양도', '티켓' 등 키워드 알림을 설정해 둔 걸 깜빡한 탓이었다.

제목: B석 1매 급하게 양도합니다.

개인 사정 땜에 오빠들 보러 못 갑니다. ㅠㅠ
티켓 1장 원래 입장료 그대로 급하게 양도합니다.
제일 먼저 댓글 달고 5만원 입금하시는 분께 모바일 티켓 바로 쏩니다.
계좌번호: XX은행 321-980-5809704 김은지

　카페 글을 보자마자 눈이 휘둥그레졌다. 1분 전에 올라온 따끈따끈한 글이었다.
　나는 뭔가에 홀린 사람처럼 서둘러 댓글을 달고 온라인 계좌의 잔액을 탈탈 털어 작성자에게 보냈다. 어쩌면 사기일지도 모르지만, 그것까지 생각할 겨를은 없었다. 이윽고 다시 울리는 알람. 다행히도 작성자의 사연은 진짜였고, 나는 얼떨결에 콘서트 티켓을 얻었다. 맨 구석 뒷자리였지만 그건 중요하지 않았다.
　- 너 뭐 한 거야?
　'콘서트 티켓 샀어.'
　- 이 상황에? 왜?
　수아가 심각한 목소리로 물었다. 나도 안다. 내가 지금 무슨 짓을 한 건지. 콘서트에 가지 못할 걸 뻔히 알면서도 티켓을 구

한 건 가지지 못한 것에 대한 동경에 불과하다. 하지만 눈앞에 있는 1이라는 숫자는 내가 그런 동경을 향해 달려가도록 만들었다. 그것이 확신 없는 시도일지라도.

'…'

– 콘서트가 언젠데?

'오늘.'

– 지금 거길 가겠다고?

'충동적이라고 해도, 아무 생각 없다고 해도 좋아. 나 서울 갈 거야. 사라지더라도 콘서트는 보고 사라질 거야.'

– ….

'네 과학적인 논리대로라면 여기 있으면서 다시 특이점이 나타나길 살펴보는 게 좋겠지. 근데 그러다 아무것도 얻지 못하면 어떡해? 그럴 바엔 뭐라도 하고 끝내고 싶어. 그래서…'

– 알아, 더 변명하지 않아도 돼.

수아가 내 말을 가로막았다. 그러고는 잠시 아무 말 하지 않았다. 나는 그런 수아를 기다렸다. 수아를 관찰했다. 특이점이 없어져서 수아의 모습은 보이지 않지만, 마치 세상이 우리를 보는 것처럼.

– 역시 넌 과학에 소질이 있다니까.

'뭐?'

– 넌 지금 너에게 닥친 오류를 바로잡으려 하고 있잖아. 그것

도 스스로의 의지로.

'그렇게 대단한 일은 아니야.'

– 아니야. 이거야말로 진정한 과학자의 자세야. 너의 의지를
믿고 과감히 행동하는 것. 과학은 절대 불변의 진리가 아니
라 오류를 발견해서 이를 끊임없이 바로잡으려 하는 과정
이야. 그런 과학에 인간의 의지가 없다면 시체지.

'너 정말…. 그래도 이번엔 무슨 말인지 이해된다.'

– 그래 가자. 까짓것. 나도 여기 찌그러져 있는 것보다 너를
따라나서는 쪽이 맘에 든다.

'왠지 언니처럼 말하네.'

내 말이 끝나기가 무섭게 수아가 제 몸을 움직였다.

– 잊었어? 아직 내 몸이야. 넌 따라오기나 해.

난 손목에 태극 마크를 받았던 날만큼이나 기뻤다.

시간이 넉넉하지 않아 터미널로 가는 버스 안에서 대략적인
계획을 들려주었다.

우리의 목적지는 KSPO돔이란 곳으로 서울에서 1988년에 올
림픽이 열렸을 때 체조경기장으로 쓰여서 올림픽 체조경기장으
로도 불리는 곳이다. 하지만 서울이라곤 해도 강남이나 홍대만
큼 알지는 못하는 곳이라 버스와 지하철을 얼마나 갈아타야 할
지 감도 오지 않았다.

'이건 인터넷 팬 카페에 올라온 오늘 오빠들 스케줄이야. 여기 보면 4시까지 리허설이 있고, 5시부터 입장 가능이야. 근데 6시부터는 공연 시작이라, 표가 있어도 콘서트의 원활한 진행과 안전상의 이유로 입장을 금지하고 있대.'

내가 휴대 전화에 빨간 글씨로 크게 적힌 '시간 엄수'라는 게시물을 가리키며 말했다.

'사람이 많아서 티켓 확인에만 30분은 걸리니까 최소 5시 반까지는 가야 해.'

– 30분 걸리는 건 어디서 오는 확신이야?

'이래봬도 NBW 덕질만 4년째야. 오빠들 무명일 때부터 봐 와서 스케줄은 밥 먹는 시간까지 다 꿰고 있어.'

– 5시 반이라… 우물쭈물하다 늦게 출발하는 바람에 시외버스 시간까지 고려하면 아무리 일찍 가도 6시 넘어 도착할 거 같은데?

수아의 말이 맞다고 생각했다. 그러나 그런 최악의 상황은 생각하지 않고, 오직 시간만 바라보기로 했다. 그렇게 어찌어찌 탑승한 시외버스가 서울 고속 터미널에 정차한 시간은 오후 5시 남짓. 버스 문이 열리기가 무섭게 발 빠르게 움직였다. 인터넷 지도를 적극 활용해 시내버스는 배차와 정류장 수를 고려하여 합리적인 시간으로 목적지까지 갈 수 있는 것으로 선택했고, 지하철은 갈아타는 곳과 최대한 가까운 승강장으로 미리 이동하여 탑승했다. 그렇게 이용할 수 있는 대중교통 수단을 총동원한 끝에 도착했을 땐, 뉘엿뉘엿 해가 지고 있었다.

6시 10분.

10분 정도 늦었지만, 아주 조금은, 희망을 걸고 있었다. 공연이 10분 정도 늦게 시작할 수도 있으니까. 많은 인파를 통제하다 보면 10분은 더 걸릴 수 있으니까. 그 안에 파묻혀서 들어가면 가능할지도 몰라.

나는 공연장 입구를 향해 달렸다. 우수초등학교에서 달릴 때보다 더 빨랐던 것 같다. 숨이 터질 것처럼 차올라도, 아니 터지더라도 상관없다. 있는 힘껏, 꼭 와야만 하는 곳에 있는 결승점을 넘을 때까지 멈추지 말아야 한다.

그러나 콘서트가 조금이라도 늦게 시작할 거라 기대한 나의 희망은 공연장 입구가 보이자 와르르 무너지고 말았다.

그 앞은 누군가 깨끗이 정리한 것처럼 개미 한 마리도 보이지 않았다. 일말의 희망을 안은 채, 숨넘어가기 직전까지 뒤도 안 돌아보고 달려왔건만 오늘따라 세상은 내게 더 가혹하게 구는 것 같았다.

'아….'

그런 나를 일으킨 건 수아였다.

― 저기 있는 사람, 관계자인 거 같은데 한번 물어보자. 콘서
트 시작했는지.

나는 입구에 서 있는 푸른 옷을 입은 진행 요원에게 다가갔다. 정확히 말하면 평범한 블루가 아닌 딥 퍼플 블루. NBW의 아이돌 컬러다. 진행 요원 언니는 심하게 숨을 헐떡이며 다가온 나를 보자 짐짓 놀라는 듯했다. 휴대 전화를 꺼내어 티켓을 보여 주며 문득 그때가 떠올랐다. 초등학교 운동회.

"방금 콘서트 시작되었어요."

"알아요. 근데 들여보내 주면 안 돼요? 멀리서 왔는데…. 4시간이나 걸렸어요."

"사정은 딱한데 소속사에서 공지가 내려와서요. 시간에 맞게 딱 자르래요. 안 그러면 사람들이 엉킨다고."

NBW의 소속사가 콘서트나 팬 사인회 등지에서 안전에 대해 지나치리만큼 강조하는 건 팬이라면 누구나 다 아는 상식이다. 아쉬운 마음에 들어가고 싶다고 떼를 써 봐도 통하지 않았다는 후기가 대부분이었다. 정해진 인원만 받으며, 모든 관객이 입장하지 않았더라도 시간이 되면 무조건 입장을 금지한다. 대신 늦게 와서 입장하지 못한 팬에게는 금액을 전액 환불한다. 그것이 소속사가 지금껏 무사고로 콘서트를 치를 수 있던 원칙이자 비결이었다. 이번 콘서트는 2년 만에 여는 국내 단독 콘서트여서 소속사에서 더욱 촉각을 곤두세운 듯했다.

"그래도 한 번만 봐주시면…."

"죄송합니다. 벌써 몇 명 돌려보냈어요."

소용없을 것 같지만 그때처럼 떼를 써 볼까 하다 내 손목에 찍혀 있는 태극 마크를 본 순간 멈칫하고 말았다. 이게 과연 옳은 일인지 싶어서였다.

"대신 환불은 가능해요. 환불은 저쪽에서 도와줄게요."

"그럼 거기 있는 딥 퍼플 블루 팔찌만이라도 가져가면 안 될까요?"

"네?"

"공연은 못 봐도 기념으로라도 가져가게요."

"이거 받으면 환불 못 해요. 콘서트 관람하는 사람한테만 주는 거라서."

"상관없어요."

고집을 부릴 생각은 없었지만, 실리콘으로 만든 콘서트 팔찌는 어렵지 않게 얻을 수 있었다. 진행 요원 언니는 정말 그래도 되겠냐고 다시 묻더니 내 의지가 확고함을 확인하자 알았다며 팔찌와 기념품을 가지고 온 뒤, 티켓을 입장 처리해 주었다. 이제 난 콘서트에 들어온 것이다. 콘서트를 보진 못하지만.

"고맙습니다."

"고맙긴요. 멀리서 왔는데 들여보내지 못해서 미안해요."

"아니에요. 그럼."

난 꾸벅 인사를 하고 공연장 입구를 벗어났다. 고대하던 콘서트는 보지 못해도 왠지 마음이 후련했다. 나는 기념품을 담은 종이 가방을 들고 벤치에 앉았다. 안에는 티셔츠와 CD, 응원 봉, 굿즈 몇 개, 멤버 전원의 새로운 포토 카드가 들어 있었다.

괜찮아. 그래도 여기까지 왔잖아.

공연장 밖으로 그들의 데뷔곡 〈Welcome to the New Boys' World〉가 흘러나왔다. 매우 신나는 노래라서 희미하게 들리는 그 노래를 나도 모르게 따라부르고 있었다. 그런데 갑자기 눈물이 흘렀다.

— 아쉽게 됐네.

'괜찮아. 그래도.'

— 그래. 최선을 다했으니까.

평소의 수아라면 전혀 괜찮아 보이지 않는다며 그 와중에 뭔가 방법을 찾아보려고 애썼겠지만, 지금의 수아는 나처럼 수긍하고 있었다. 그래, 최선을 다했어. 애꿎은 수아까지 끌어들여서.

〈Welcome to the New Boys' World〉를 끝까지 따라부르자 조금은 마음이 편안해졌다. 보아하니 나처럼 못 들어간 팬 몇 명이 아직도 공연장 밖을 서성이고 있었다. 하지만 이상하게도 난 미련이 없었다. 허탈함보단 평온함에 가까운 마음이었다.

— 분위기 깨서 미안한데, 우리 화장실 좀 가면 안 될까? 아까
부터 쭉 참고 있었거든.

'아, 그러네. 미안.'

지도를 보니 여기서 가장 가까운 화장실은 대형 주차장 구석

에 있었다. 나는 얼른 그리로 달렸다. 수아의 몸으로 실수하지 않도록.

화장실은 생각보다 공연장으로부터 멀리 떨어져 있었다. 여기까지 온 것과 마찬가지로 전속력으로 달리려다 그랬다가는 도중에 터져 버릴 것 같아서 몸을 배배 꼬아 가며 잰걸음으로 움직였다. 다행히 찾기도 쉽지 않고 외진 곳에 있어서인지 사람은 없었다.

볼일을 마친 다음 손을 씻고 화장실을 나왔다. 이제 어떻게 집으로 돌아갈지를 생각하는데 화장실 앞에 커다란 검정 밴 한 대가 서 있었다. 들어올 땐 보이지 않던 차. 그리고 기적이 일어났다.

"어?"

바로 내 눈앞에 서 있는 사람은 NBW의 리더 지호였다.

어떻게 된 거지? 분명 콘서트 중이었는데.

그러나 먼저 말을 건 것은 내가 아니었다. 난 어떻게 말해야 할지는커녕 말하는 방법조차 잊어버렸으니까.

"그 팔찌! 우리 팬 맞죠?"

"네? 네…. 안녕하세요."

멋들어지지 않은 인사. 하지만 지금 할 수 있는 거라곤 그 초라한 인사뿐.

"콘서트 도중 아니셨어요?"

"네. 근데 갑자기 배탈이 나서요. 오랜만의 콘서트라 긴장이 되나?"

"근데 왜 여기서 볼 일을…."

"안에 화장실은 사람들로 붐벼서 여기까지 매니저 형 차를 타고 왔는데 여기에도 팬이 있을 줄은 몰랐네요."

그렇게 말한 지호는 손을 내밀었다. 난 그게 무슨 의미인지 몰라, 아니 이를 파악할 정신이 없는지라 살포시 그의 손을 잡았다. 말할 수 없을 정도로 따뜻한 온기가 느껴졌다. 손을 포갠 채 엉거주춤 서 있는 나를 보며 지호가 크게 웃었다. 방송에서 몇 번밖에 못 보았던. 방송용 웃음이 아닌 그의 진짜 웃음.

"손 잡아 줘서 고맙지만 얼른 들어가 봐야 해서요. 우리 같이 셀카 찍어요."

아, 휴대 전화를 달라는 뜻이었구나. 그제야 나는 정신이 번쩍 들어 얼른 주머니를 뒤져 휴대 전화를 꺼내 그의 손에 얹어 주었다. 지호는 미소 지으며 휴대 전화를 내 머리 위로 들어 올렸다. 그리고 그의 이끌림에 내 몸은 그의 품속으로 풍덩 빠져들었다. 사근사근한 숨소리, 톡톡 터지는 듯한 심장의 고동. 최애 아이돌과 이렇게나 가까이 있을 수 있다니! 그렇게 오랜 기간 좋아했는데도 사인회는 가 볼 엄두조차 못 냈는데. 나의 구부정한 브이와 그의 쫙 펴진 브이가 대조되며 내 휴대 전화에는 소중한 사진이 하나 더 저장되었다. 놀이공원에서 찍은 수아의 사진 다음으로. 물론 지금 찍힌 사진도 수아의 모습이긴 하지만.

"가자. 솔로 공연 거의 끝났대."

"알았어. 형."

검은 정장을 입은 남자가 지호를 재촉했다. NBW의 로드 매니저였다. 그러자 지호는 내 휴대 전화를 돌려주며 말했다.

"미안, 우리 여기서 헤어져야 해요. 다음에 또 봐요. 이번엔 늦게 오신 팬분들은 못 만나서 아쉽지만, 저희도 쭉 노력할게요. 더 유명해져서 더 큰 장소에서 공연할 수 있도록."

"네. 꼭이요."

지호가 손을 흔들며 밴에 오르자, 그때서야 난 그를 향해 소리쳤다.

"무명 때부터 팬이었고 지금도 팬이에요. 그리고 앞으로도 사라질 때까지 영원히 팬 할게요!"

나의 외침을 들었을까. 차에 오른 지호가 차의 창문을 열며 말했다.

"고마워요."

검정 밴이 서서히 움직였다. 하지만 나는 도저히 움직일 수 없었다. 마치 꿈을 꾸는 것 같은 기분이 들어서였다.

나는 얼떨떨한 마음으로 공터로 나와 앉았다. 콘서트가 아직 끝나지 않아서 주변에는 지나다니는 사람들밖에 보이지 않았다.

너무나도 순식간에 벌어진 선물과도 같은 일에 지금 내가 어떠한 상황에 있는지조차도 잊고 말았다. 뭐랄까, 그저 가슴이 터질 것처럼 두근두근하기만 했다. 어떤 말도 어떤 생각도 필요하지 않았다.

　– 역시 연예인은 다르다. 외모, 목소리, 말투, 분위기. 뭐 하나 범접할 수 없네. 근데 알긴 아냐? 너 사인도 못 받았어.

'괜찮아. 사진 찍었잖아.'

　– 내 모습으로 나왔는데 괜찮겠어?

'응.'

　– 지호라고 했나? 걔는 참 좋겠다. 대중으로부터 잊히더라도 넌 끝까지 기억해 줄 테니까.

'그럴 거야. 앞으로도 쭉. 이 순간을 잊지 않을 거야.'

　하지만 두근거림은 조금씩 가라앉고 있었다. 그럴수록 지금 내가 처한, 잠시 잊고 있던 현실이 뚜벅뚜벅 걸어왔다. 지호라는 밝은 빛 때문에 잠시 가려져 있던 나의 그림자.

'나 이제 괜찮을 것 같아. 영원히 사라져도.'

　– 그래, 나도 처음엔 부정적이었는데, 지금은 네 말 듣기 참 잘한 것 같다. 너 보니 여기 안 왔으면 큰일 날 뻔했네. 아쉬움에 한이 쌓여서 귀신이 되었을지도 몰라. 의외로 난 겁이 많거든.

　그 말에 킥킥대며 허릴 굽히자, 수아의 뽀얀 운동화가 눈에 들어왔다. 처음 본 그날처럼 아직도 몇 번 신지 않은 새것처럼 보였다. 이대로 이 운동화를 신은 채 우수리로 돌아갈 수 있을까? 돌아간다고 해도 이젠 끝이다. 내가 짜 놓은 나쁜 시나리오 대로 되는 중이다.

다시 심장이 두근거린다.

그것은 내가 NBW를 만나서도 하고 싶던 일을 다 완료해서도 아니었다. 우리가 같은 심장으로 뛰고 있다는 사실만으로도 가슴이 벅차올랐다.

어쩌면 이렇게 된 것은 저주가 아닌 행운이 아닐까? 이 세상 그 누가 한 사람을 완벽하게 이해하고 공유하는 행운을 얻을 수 있을까? 비록 지금 최악의 불행에 빠져 있지만, 이 순간만큼은 그 불행 속에서 깨달은 작은 행운을 최대한 쓰고 싶었다.

– 이제 가자.

나는 제 몸을 이끌고 일어서려던 수아를 억지로 잡아끌었다. 그러다 보니 수아의 몸은 마치 슬랩스틱코미디를 하듯 한쪽 다리는 나가려 하고, 한쪽 다리는 버티는 아주 이상한 모양새가 되었다.

– 왜? 안 갈 거야?

'조금만 더 있자.'

– 괜찮겠어?

'엄마보고 데리러 오라고 하려고. 아까 너무 긴장해서인지 힘

이 빠진다.'

– 나야 상관없지만.

'상관있잖아.'

– 뭐가?

'이제야 알았어. 네가 왜 학교 밖으로 나오려 하지 않았는지. 우리가 왜 만날 수 없었는지. 폐교…. 벗어나면 안 되는 거였잖아. 그치?'

– 그거야 뭐….

'미안. 괜히 내가 고집부려서.'

– 밤인데도 바람이 차지 않네. 곧 여름이라 그런가?

다시 자리에 앉았다. 벤치에 앉아 잠시 서울 시내를 감상했다. 저 너머로 어슴푸레해지며 건물에 불이 들어온 모습이 마치 별들이 반짝이는 것처럼 아름다웠다.

'밤인데도 많이 춥지 않은 걸 보니 네 말대로 곧 여름 맞나 보다. 올 여름 방학은 우수초등학교에서 지내도 되지? 우리 집은 선풍기도 못 틀게 하니까.'

– 그래, 넌 언제든지 환영이야. 기다리고 있을게.

수아의 말에 억지로 웃었다. 열 번 스무 번 계속 만나다 보면 더 재미있는 일도 많을 텐데…. 그래도 수아는 똑똑한 애니까 내가 없어도 혼자서라도 재미있게 지낼 것이다. 자기 좋아하는 연구 하면서. 다만 그런 수아가 행복해하는 모습을 보지 못하는 게 아쉬울 따름이다.

시간이 온다. 슬쩍 손목을 보니 태극 마크가 희미해져서 형체도 알아볼 수 없을 정도였다. 굳이 수아의 수학적 예측이 끼어들지 않아도, 이번 사라짐은 지난번과 다르다는 걸 느낄 수 있었다.

엄마에겐 미안하지만, 그냥 이대로 수아로 살아야겠다고 생각했다.

우수초등학교로 돌아간들, 특이점의 정원이 없어져서 내 몸으로 바꿀 수도 없다. 하지만 설령 바꿀 수 있다고 해도 바꾸지 않을 생각이다.

수아는 내게 많은 걸 해 주었으니까.

> 엄마 나 서울. 그때 만난 수아라는 애하고 같이 있어.
> 올림픽 체조경기장이야. 싫다는 애 내가 억지로 끌고 왔어.

어쩌면 마지막이 될지도 모르는 문자이건만 도중에 배터리가 다 되어서 전원이 꺼지려고 하는 바람에 멋대가리 없이 보내고 말았다.

다 괜찮은데, 엄마 생각이 많이 나는 건 어쩔 수 없었다. 수아의 눈을 빌어 잠시 울고 싶었다. 가끔 생존 규칙 때문에 답답할 때도 많았지만, 그래도 우리 엄마는 나를 위해 언제나 최선을 다했다. 그런 엄마를 다시는 못 본다는 사실이 나를 슬프게 했다.

수아는 그런 나를 잠시 내버려 두었다. 그러자 한참을 울 줄 알았는데 잠시 흐느끼다 말았다. 엄마를 닮아 강한가? 조금 뻘쭘해하면서도 그 이유를 아는 게 어렵진 않았다. 죽는 것과 영원히 사라지는 것이 어떤 차이가 있는지 몰라도 영원하고 완전히 사라지는 게 죽는 것만큼 두렵지만은 않았다. 아직 죽음을 경험하지 못해서인지도 모르지만, 그보다는 소중한 친구와 같이 있어서였다.

나는 잠시 하늘을 올려다보았고, 그런 내 눈으로 달이 들어왔다. 서울의 달도 우수리의 달만큼 아름다웠다. 그 아름다움에 현혹된 우리가 달을 보듯, 달도 나와 수아를 보고 있었다. 그 관찰로 인해 사라질지도 모르지만, 이상하게도 지금은 달이 무섭지 않았다.

'정월대보름도 아닌데 보름달이 유난히 크네.'

– 그러게. 달이 참 밝다.

아무 일 아닌 듯 행동하려고 해도 그럴 수 없는지, 속으로 하는 말인데도 목소리가 떨리는 듯했다. 이제는 받아들여야 할 시간이다. 세상 모든 것들이 우리를 보고 있음을, 중첩이 관측으로 인해 흐트러짐을.

수아와 같은 달을 보고 있는 나와 수아의 결맞음은 세계의 '관측'으로 인해 흐트러진다. 그렇게 결이 어긋나면 우리는 하나만 남는다. 헤어진다.

'고마워.'

- 뭐가?

'여기까지 따라와 준 거. 아니 그거 말고도 전부 다.'

- 금방이라도 갈 사람처럼 말하긴…. 아직 50 대 50이야. 한 쪽이 완전히 사라질 확률.

'그러니까 고맙다는 거야.'

- 고마워해야 할 건 오히려 나야.

'응?'

- 지금까지 나도 폐교 밖으로 나갈 생각은 하지 않고 있었는 데…. 밖이 이렇게나 재밌을 줄은 몰랐거든.

'넌 참. 대단하다. 이런 상황에서도 이렇게 담담하다니.'

- 그런 건 아니야. 단지 지금은 좋았던 일들만 생각하려고.

'좋았던 일들이라…. 뭐가 있을까? 역시 우수초등학교를 빼 놓을 수 없겠지? 그 조팝나무 정원. 아, 다시 봤으면 좋겠다. 오 늘 같은 밤엔 정말 예쁠 텐데.'

- 나도 네 덕분에 경찰서도 가고, 2만 스코빌짜리 음식도 먹 고, 롤러코스터도 탔네.

'길지 않은 시간이었는데 같이 많이도 했다.'

- 이렇게 두 개의 인격이 한 몸에 중첩해 있는 건 우리 둘뿐 이니까. 이 넓은 우주에서 말이야.

'근데 수아야.'

- 응?

'실은 나 아주 많이 무섭다.'

- 나도 그렇다니까.

'정말?'

- 난 네가 생각하는 것만큼 강한 사람이 아니야. 그리고 지금 은 네가 나고 나도 너니까.

'역시 우리는 만나지 말았어야 했을까?'

그 말에 수아는 잠시 뭔가를 생각하더니 다시 말을 이었다. 이를 뒷받침하는 어떤 과학적 근거도 없지만, 지금까지 내가 봤던 수아의 모습 중에서 가장 확신에 찬 모습이었다.

- 그거 알아? 양자역학을 만든 닐스 보어 박사님의 가문 문 장이 태극이었대. 이것만 봐도, 태극 마크하고 양자역학하 고 전혀 관련이 없어 보여도 우리 손목에 태극이 새겨진 것은 뭔가 이유가 있어서가 아닐까? 이 세상에 아무 이유 없이 벌어지는 일은 없어. 이유가 있다는 건 그만큼 일어날 확률이 높다는 뜻이야.

'그 말은 우리는 어떻게든 만났을 거란 뜻?'

- 아무래도 너와 내가 만날 확률이 가장 높았을 거야. 양자역 학은 확률로 좌우되니까.

'뭐가 됐든 우리는 양자역학에서 벗어날 수 없는 운명이구나.'

- 운명?

그 간단한 단어에서 저절로 미소가 번졌다. 그것은 수아의 미소였다.

'그래 맞아. 운명…. 그 말 참 좋다.'

우리는 누가 먼저랄 것도 없이 양팔을 포개어 어깨를 감쌌다. 운명처럼. 나는 수아를 껴안았고 수아도 나를 껴안았다. 수아가 느껴졌다. 나도 느껴졌다. 나는 수아와 내가 함께한 적지도 많지도 않은 일들을 가슴으로 되뇌었다.

아름다운 기억을 친구 혼자 감당하게 하고 싶지 않다.

나는 추억이 되고 싶지 않다.

나는 사라지고 싶지 않다.

그래도 안녕.

이젠 헤어질 시간이야.

안녕, 엄마.

안녕, 수아야.

안녕, 모두들.

굿 바이.

나는 달빛을 향해 눈을 감았다.

더는 운동장을 달리던 4학년 꼬마의 모습은 보이지 않는다.

사라짐 카운트는 이제 제로. 나의 사라짐은 여기서 종결.

앞으로 어떻게 될까? 그마저도 무의미할까? 이전과는 많이 달라질 테지. 그 어떤 것도 느껴지지 않을 테니.

그리고 얼마간은 내 생각대로였다.

갑자기 치고 들어온 불빛에 눈을 떴다.

그러자 숨의 다채로움이 다시 코끝에서 어른거렸다. 느낌상 나는 어딘가로 향하고 있었다.

어떻게 된 일이지?

그제야 나는 나를 깨운 빛이 천국에서 날 데리러 온 빛이 아니라 맞은편 차로에서 오던 자동차의 헤드라이트 불빛에 불과하단 사실을 알아냈다. 엄마의 트럭 안. 엄마는 익숙하지 않은 길 위에서 야간 운전에 잔뜩 집중하고 있었다.

급히 기억을 더듬었다. 수아와 올림픽 공원 광장 벤치에서 달을 보고 있었고, 보름달의 아름다움에 넋이 나가 있는 동안 멀리서 다른 불빛이 보였던 것 같다. 그러자 다시 맞은편에서 헤드라이트가 들어왔고, 경찰차를 탔을 때처럼 내 모습이 앞 좌석의 룸미러에 훤히 비췄다. 그때와 다른 점은 아까까지만 해도 분명 수아의 모습이었는데 지금은 내 모습을 하고 있다는 점이다.

수아는 어디 갔지?

우린 조팝나무 정원에 가지도 못했는데?

몸을 바꿀 수도 없었는데?

'수아야.'

'수아야.'

나는 나지막이 수아를 불러보았지만 아무 대답도 들을 수 없었다. 어제처럼 일부러 대답하지 않은 것일 수도 있지만 뭔가 느낌이 이상했다. 나는 다시 수아를 부르려던 걸 그만두고 대신 다른 이를 불렀다.

"엄마…."

이 모든 게 어떻게 된 일인지 엄마는 안다고 생각했다. 나는 겨우 목소리를 내었다. 하지만, 돌아온 엄마의 대답은 차갑기 그지없었다.

"네가 진짜로 미쳤구나."

"…."

"수아라고 했나? 앞으로 개랑 놀지 마. 자꾸 너처럼 행동하는 거 기분 나쁘다. 그리고 당분간 학교 빼고 외출도 금지야."

"서울엔 내가 같이 오자고 했어. 수아는 잘못 없어."

"요즘 들어 마음이 딴 데 가 있는 거 모를 줄 알아? 엄마 말대로 할 땐 이런 일 없었어."

"그게 아니야. 실은…."

"애 봐라. 아직도 정신 못 차렸네."

"엄마."

"왜 자꾸 불러? 가뜩이나 초행길이라 운전하기 힘든데."

"난 수아도 좋고, 엄마도 좋아. 근데 두 사람의 차이점이 뭔지 알아?"

"뭐?"

"수아는 자기가 과학적으로 증명한 것도 못 믿는 아이인데, 내 말만은 믿어 줘. 아니 최소한 믿는 척이라도 해 줘. 근데 엄마는…. 나도 이런 말 하긴 싫지만, 수아만큼은 아니어도 엄마도 좀 더 날 믿어 주면 안 돼?"

"무슨 뚱딴지같은 소리야?"

엄마의 언성이 높아졌다. 그래도 오늘은 하고 싶은 말 다 하고 싶었다.

"엄마가 날 사라지지 않게 하려고 붙잡고 있는 거 알아. 엄마가 날 얼마나 사랑하는지도. 하지만 이대로 가면 난 엄마를 견디지 못할지도 몰라."

"너 말 다했어?"

엄마는 화를 냈다. 당연히 그러리라고 생각했다. 다른 때 같으면 여기서 대화가 끝났겠지만, 오늘의 난 물러서지 않았다.

"엄마는 모든 걸 수아 탓으로 돌리려 하겠지만, 이건 수아가 시켜서도 아니고 나 스스로 말하는 거야. 앞으로 엄마 말을 따를 수 있는 건 따르겠지만, 그 이상은 따르지 않을 거야. 그러니 제발 날 조금만 더 믿어 주면 안 돼? 내가 견딜 만큼만이라도."

"진심이야 너?"

"응."

"너 진짜…."

엄마가 쉬는 한숨에 내 가슴도 무너지는 것 같았다. 수아와 속으로 대화를 나누다 보니 이젠 나도 모르게 겉으로 내뱉는 말도 또박또박 눌러 쓰고 있었다. 그게 엄마에겐 도전적으로 들렸을지도 모른다. 엄마는 또 불호령을 내리겠지.

"그게 현이 네 생각이라고?"

"응."

"정말 네 생각이 그렇다고?"

"그렇대도."

엄마는 그렇게만 묻고는 다시 운전에 집중했고 나도 더 말하지 않았다. 당장 불호령이 내리진 않았어도 엄마에게 거짓말한 것도 모자라 대들기까지 했으니 내게 크게 실망했을 것이다. 나를 배은망덕하다고 여길 것이다. 그래도 나는 엄마를 한번 기다려 보기로 했다. 수아가 내게 그랬듯이.

차창에 가득했던 도시의 불빛들이 하나둘 희미해졌다. 그 어둠만큼 우수리가 가까워질수록 엄마와 이대로 틀어진 채 끝날 것만 같은 불안감에 휩싸였다. 하지만 그럴 때마다 나는 수아에게 말을 걸었다.

'수아야 들려? 만일 그렇다면 대답해 줘. 아니 대답하지 않아도 좋아. 그저 내 옆에만 있어 줄래?'

오늘따라 유난히 크게 들리는 엔진 소리에 어떤 소리도 파묻

히지 않도록 귀를 쫑긋 세웠다. 세은이가 나에 대해 말했던 날과 달리 오늘은 귀가 잘 들리기를 바랐다. 혹여나 수아의 목소리가 들리지 않을까 봐, 혹여나 엄마의 목소리가 들리지 않을까 봐. 두 사람 모두 다시 말하기 부끄러워 처음에 잘 듣지 못하면 아예 말하지 않을지도 모른다. 그리고 우수리로 통하는 나들목을 지날 무렵 난 희미한 응답을 들을 수 있었다. 나는 그 목소리를 놓치지 않으려고 온 신경을 집중했다.

"엄마는….."

엄마의 목소리는 서울에서와 달리 약간 가라앉아 있었다.

"언제나 널 위한다고 생각했어."

"알아. 엄마가 날 얼마나 생각하는지."

"근데 넌 다른 생각이었단 말이지?"

"응. 답답할 때가 너무 많아. 나도 조심하는데, 엄마는 늘 날 가두려고만 하니까."

"변명 같이 들리겠지만 실은 엄마도 그렇게 하고 싶지 않아."

"그래?"

"하지만, 이런 상황에선 그게 최선이라고 생각했고, 그렇게 해야 널 붙들 수 있다고 생각했어. 그렇게라도 해야."

"엄마도 내가 언젠간 영원히 사라질 수도 있다고 생각했어?"

"매번 그렇게 생각했지. 이번에 사라지면 다시 돌아오지 않는 게 아닌지. 네가 다시 돌아와도 다음엔 또 언제 사라질까? 모든 게 불안했어. 그래도 엄마로서 스스로 강하게 행동했어야 했는데. 네게만 강하게 굴었다."

"그랬었구나."

"네가 갑자기 사라지고 나면 엄마는 제정신이 아니었어. 돌아왔을 땐 뛸 듯이 기쁘다가도 다시 사라지면 절망감이 몇 배로 커졌지. 사라졌다가 돌아온 널 쓰다듬다가 정신을 차려 보면 어느새 넌 보이지 않았고 이게 꿈일 거라고만 생각해도 현실은 언제나 사라져 버린 너였어. 허탈함이 너무 심해서 네게 심하게 굴었어. 한창 엄마의 사랑이 필요할지도 모르는데 네게 그렇게 대했어. 나의 괴로움까지 네게 떠넘기고."

"응."

"규칙을 정한 건 그런 이유야. 이런 상황에선 그게 최선이라고 생각했고, 네가 그걸 지키는 동안엔 안심이 되었어. 그 규칙만 믿고 널 몰아붙인 건 인정할게. 실은 엄마가 네게 말과 행동을 강하게 해도, 절대 널 싫어하거나 엄마가 강해서가 아니야. 단지…"

"단지 뭐?"

"에이 됐다. 그만 하련다."

"말해 봐. 뭔데?"

"그래, 네가 단단히 오해하는 것 같으니 오늘만 말할게. 단지 그냥… 뭐랄까, 엄마도 조금 무서웠어. 실은 아주 많이."

나는 지금껏 커다란 착각에 빠져 있었다.

엄마는 사실 겁 많고 약한 사람이었다. 하나뿐인 딸이 갑자기 사라지고, 그렇게 사라졌다가 다시 못 돌아올지도 모른다는 두려움을 엄마는 이겨 낸 것이 아니라 가까스로 억누르고 있었다. 엄마는 두려움을 이겨내기 위해 통제를 선택했다. 엄마도 나처럼 무섭지만, 그 두려움을 겉으로 내뱉으면 딸이 불안해할지도 모르니까 일부러 강한 척, 센 척했을 것이다. 그것은 사라짐을 이겨 내는 엄마 나름의 방식이었다.

단지 무서웠다는 말 하나로 난 엄마가 전부 이해됐다.

"그렇지만 네가 그렇게 힘들었다면 노력해 볼게. 쉽진 않겠지만."

이번에 엄마는 내 의견을 묵살하지 않았다. 그런 엄마의 목소리에서 오랜만에 따뜻함이 느껴졌다. 나는 지금이라도 그렇게 말해 준 엄마가 너무나도 고마웠다.

"알았어. 이제 엄마 마음 다 아니까. 나도 엄마 말 잘 듣도록 노력할게. 대신 엄마도 이제부터 조금 더 날 믿어 줘. 지금보다 훨씬 많이."

"그래."

"알았지?"

"알았다니까!"

엄마가 버럭하며 고개를 끄덕였다. 물론 엄마도 힘들 것이다. 다시 딸이 사라지는 불안에 떨어야 할지도 모른다. 그래도 막상 사라지게 되면 난 다시 돌아갈 수 있다고 여겼다. 끝에는 반드시 엄마가 기다리고 있으니까. 갑자기 사라지던 나를 포기하지 않았듯, 엄마는 이번에도 날 포기하지 않았다. 나도 그런 엄마를 실망시키지 않을 생각이다.

현이.

엄마가 지어 준 내 이름은 '너를 본다'라는 뜻이다.

그 이름처럼 나는 엄마를 보고 있고, 엄마도 나를 보고 있다.

나는 '너'를 보고 있다. '너'는 때로는 엄마가 되기도, 때로는 담임 선생님이 되기도, 때로는 친구가 되기도 한다. 우리는 매 순간 서로 그렇게 관측하며 섞여 있는 속에서 누군가에게 누군가로 정해지고 있다.

언제 어디서나 높은 확률로.

양자역학 소녀

그 뒤 손목의 태극 마크는 완전히 사라졌다. 눈을 감으면 보이던, 사라짐 카운트도 마찬가지다. 그와 더불어 나도 사라짐을 멈추었다. 일시적이라고 생각하지만, 이젠 애써 그 사실을 숨기거나 빈혈이라고 속일 필요는 없다. 집과 학교를 쳇바퀴 돌 듯 다닐 필요도 없다. 그래도 엄마의 생존 규칙은 지키려고 한다. 이젠 잔소리 규칙이라고 해야 하나?

난 한동안 학업에 신경 쓰고 싶다고 했다. 이런 내가 기특해서인지 일주일에 두세 번, 학교 도서관에서 늦게까지 공부하고 나면, 엄마는 교문 앞에 트럭을 세우고 나를 기다리곤 했다. 같이 귀가하며 자연스레 엄마하고 대화하는 시간이 많아졌다.

세은이에겐 앞으로 NBW 덕질은 혼자 하겠다고 선언했다. 세은이가 그럼 반에서 외톨이가 되겠다며 걱정인지 저주인지 모를 말을 했지만 나를 매혐이라고 부르던 몇몇 애들이 싱글 앨범 공구 끝난 지도 얼마 안 됐는데, 콘서트까지 공구하려고 몰아붙인 건 좀 심했다고 거들자 어이없어하는 눈치였다. NBW 오빠들은 서울 콘서트를 성공리에 마치고, 전국 투어를 시작했다. 그래도 이를 위해 공구를 하진 않았다.

학년이 끝날 무렵 세은이는 큰 도시로 전학을 간다고 했다. 특목고에 간다는 이유인데, 한눈에 봐도 그것은 세은이가 아닌 세은이 엄마의 뜻이었다. 세은이가 전학 가던 날, 나는 내가 아끼던 NBW 굿즈 몇 개를 건네며 여러 번 전학 다니며 얻은 노하우를 알려 주었다. 세은이가 이를 새겨들었는지는 모르지만.

그리고 방과 후 우수초등학교에 들르는 게 내 새로운 일상이 되었다.

정원이 있던 폐교 건물 뒤편은 이제 잡초만 무성하지만, 나는 여기를 매일 이리저리 살피고 있다. 이곳이 과연 수아가 말하던 양자적 특이점일까 하는 의문을 품은 채.

아는 만큼 눈에 들어오니까 과학 공부도 열심히 하고 있다. 진로도 일찌감치 과학고로 정했다. 이젠 담임 선생님이 아니지만, 우주호 선생님이 물심양면 도와주고 있다. 나도 열심히 따라가려고 노력 중이지만, 천재 과학 소녀 수아에겐 미치지 못한다. 그래도 수아만큼 아는 수준이 될 때까지 멈추지 않을 생각이다.

하지만 가끔 그 아이가 무척 보고 싶다.

'수아야, 네 덕분에 사라지지 않게 되었고, 엄마한테 오랫동안 하고 싶었던 말을 할 수 있었어. 네게 고맙다고 말하고 싶은데 괜찮을까? 어디야? 잠시 숨은 거지?'

수아는 내게 과학이다.

과학이 인류에게서 두려움을 없애 줬듯, 수아가 내게 그리해 줬다. 그날 도장을 왜 받았을까 수많은 밤을 후회했지만, 그러지 않았다면 수아를 만날 수 없었다. 그래서 이젠 후회하지 않는다. 두려워하지 않는다.

'넌 내가 남을 거란 걸 미리 알고 있었지? 어쩌면 우리가 만나기 전부터 말이야. 그런데도 네가 나를 만나 함께했던 이유는 네 말대로 단순히 우리가 만날 확률이 높아서가 아니라 뭔가 믿는 구석이 있었던 게 아니야? 난 이제부터 그걸 알아낼 거야. 넌 우리 둘 중 하나가 완전히 사라질 확률이 50 대 50이라고 했지만, 바꿔 말하면 그 얘기는 사라지지 않을 확률이 50 대 50이란 뜻이기도 하니까.'

건물 뒤를 관찰하던 나는 어김없이 출발선으로 향했다.

언제나 그렇듯 진짜로 1등을 할 생각으로 결승선에 가장 먼저 들어갈 것이다. 결승선을 넘어 저 뒤까지 달릴 것이다. 뒤편에 마련된 정원에 조팝나무꽃을 다시 피울 것이다.

땅!

특이점의 정원을 향해 전속력으로 달렸다. 내가 뛸 수 있는 한 가장 빠르게. 아니 그보다 더 빠르게. 내가 건물을 통과하여 뒤편까지 달리면 폐교 건물이 이중슬릿 역할을 하며 수아가 나타날 것이다. 난 그렇게 믿는다.

수아야.

어쩌면, 정말 어쩌면 말이야.

저편에 다다르면 세상 모든 것이 우릴 어여삐 여겨서 못 본 척하지 않을까?

수아야.

모두가 널 파동으로 관측한다 해도, 내가 널 입자로 관측하는 확률도 있지 않을까?

수아야.

내가 널 불러낸 것은 혹시 오래전 운동회 날 내 앞에서 달리다가 사라졌던 아이에 대한 기억이 아니었을까?

너는 이 세상 모든 게 우릴 보고 있다고 했잖아. 빛도, 소리도, 공기도, 엄마도, 꽃도, 박테리아도, 해도, 달도.

그러면 널 '기억'하는 것 또한 일종의 '관측'이 아닐까?

관측하면 뭔가로 정해진다며? 그렇다면 내 기억은 온통 너를 향해 있어.

나는 네 이름을 부르며 달릴 거야.

너를 기억하며 눈을 감을 거야.

폐교 뒤편에서 숨을 고르며 정원이 있던 쪽을 보는데 못 보던 작은 푯말 하나가 보였다. 좀 더 자세히 살펴보기 위해 그리로 다가가자 놀랍게도 그 밑에는 아주 조그만 글씨로 조팝나무의 꽃말이 적혀 있었다.

조팝나무의 꽃말은 헛수고, 하찮은 일, 노력입니다.

아니야, 그렇지 않아.

그렇지만, '당신의 눈에 보이는 부분은 당신의 생각대로지만 눈에 보이지 않는 부분은 그리 간단하지 않으므로 섣부른 판단은 금물입니다.'라는 뜻도 담고 있습니다.

갑자기 머리카락이 쭈뼛 선 나는 다시 운동장으로 돌아가 출발선에 섰다.
이대로 다시 건물 뒤뜰까지 달린다.
매번 하는 일이지만 뭔가 확신이 있었다.
준비, 땅!

힘차게 땅을 박차자 꽃잎들이 반짝반짝 피어나고 있었다.

흔히들 양자역학은 아무나 이해할 수 없는 학문이라고 합니다. 노벨물리학상을 받은 천재 과학자 리처드 파인만조차 양자역학을 제대로 이해하는 사람은 세상에 단 한 명도 없다고 자신할 정도니까요. 하지만 우리가 숨 쉬는 공기나 마시는 물, 스마트폰, 반도체, 백신과 천체 관측에 이르기까지 양자역학은 우리 생활을 넘어 현대 과학 전반을 휘어잡고 있습니다. 이 이야기는 이렇게 중요한 과학 원리가 왜 이토록 어려운지에 대한 의문으로부터 출발하였습니다.

어려우니 공부를 해야겠지요? 평소 교양 과학 서적이나 방송을 즐겨보지만, 양자역학과 관련된 내용은 정말 이해하기 힘들었습니다. 그래도 양자역학에 관한 책과 자료를 접할수록 머릿속에 강하게 자리 잡는 개념은 두 가지였습니다. 하나는 관측하지 않으면 중첩되어 있다는 것. 다른 하나는 관측하는 순간 하나로 정해진다는 것.

그런데 신기하게도 양자역학의 그것은 우리네 인간관계와도 무척 닮아 있었습니다. 나와 가족, 나와 친구, 나와 사람들. 우리는 서로가 남남인 듯 지내면서도, 내가 누군가를 바라보는 순간, 그 대상은 나로 인해 변합니다. 저는 깜짝 놀랐습니다. 이토록 어려운 학문에 알고 보니 삶의 진리가 숨어 있을 줄이야.

이야기가 중심을 잡자 아이디어는 꼬리에 꼬리를 물었습니다. 창문 밖에서 휘날리던 태극기의 태극무늬가 갑자기 양자역학의 입자-파동 중첩상태로 보였습니다. 나중에 안 사실이지만, 양자역학의 개념을 정립한 닐스 보어 박사의 가문 문장이 태극이라는 건 또 한 번 저를 놀라게 했습니다.

이 이야기는 그런 놀라움의 연속으로 만들어진 것 같습니다. 그러나 양자역학이 한 소녀가 진정한 우정을 찾고, 더 나아가 부모와의 관계까지 회복하는 이야기로 만들어지기까지 꼬박 3년이라는 시간과 더 많은 고민이 있어야 했습니다. 사실을 나열하는 학습 서적이 아닌 이야기가 녹아 있는 소설이기 때문에 과학적 원리를 완벽하게 따른 것은 아니지만 최대한 타협하지 않으려 했습니다. 그래도 맞지 않는 부분이 보인다면 이는 소설적 허용으로 너그러이 봐 주셨으면 좋겠습니다.

구상된 작품을 수정하며 많은 얘기를 나눠 주신 도서출판 다른 편집부와 작품의 가능성을 알아봐 주시고 함께해 보자고 말씀해 주신 대표님께 감사드립니다. 어려운 소재를 택하여 길을 잃고 헤매고 있을 때 저를 변함없이 지지하고 아껴 준 가족들과 친구들에게도 감사의 말을 전합니다. 끝으로 여러 가지 가능성이 중첩된 이 이야기가 독자 여러분에게 어떻게 관측될지 모르겠지만, 부디 좋은 의미로 다가가길 기원합니다.

2023년 여름,

이민항

도넛문고
05

다른 포스트

뉴스레터 구독신청

양자역학 소녀

초판 1쇄 2023년 7월 14일

지은이   이민항

펴낸이   김한청
기획편집   원경은 차언조 양희우 유자영 김병수 장주희
마케팅   박태준 현승원
디자인   이성아 박다애
운영   최원준 설채린

펴낸곳 도서출판 다른
출판등록 2004년 9월 2일 제2013-000194호
주소 서울시 마포구 양화로 64 서교제일빌딩 902호
전화 02-3143-6478 **팩스** 02-3143-6479 **이메일** khc15968@hanmail.net
블로그 blog.naver.com/darun_pub **인스타그램** @darunpublishers

ISBN 979-11-5633-560-3 44810
      979-11-5633-449-1 (SET)

다른 생각이
다른 세상을 만듭니다